◆◆ 中国文学名家小小说精选丛书

被风吹走的影子

红墨 著

江西高校出版社
JIANGXI UNIVERSITIES AND COLLEGES PRESS

南 昌

图书在版编目（CIP）数据

被风吹走的影子 / 红墨著 . -- 南昌 : 江西高校出版社 , 2025. 6. -- (中国文学名家小小说精选丛书). ISBN 978-7-5762-5607-9

Ⅰ . I247.82

中国国家版本馆 CIP 数据核字第 20248R80R9 号

责 任 编 辑　龚　振
装 帧 设 计　夏梓郡

出 版 发 行　江西高校出版社
社　　　　址　江西省南昌市新建区工业二路 508 号
邮 政 编 码　330100
总 编 室 电 话　0791-88504319
销 售 电 话　0791-88505090
网　　　　址　www. juacp. com
印　　　　刷　鸿鹄（唐山）印务有限公司
经　　　　销　全国新华书店
开　　　　本　650 mm×920 mm　1/16
印　　　　张　13
字　　　　数　160 千字
版　　　　次　2025 年 6 月第 1 版
印　　　　次　2025 年 6 月第 1 次印刷
书　　　　号　ISBN 978-7-5762-5607-9
定　　　　价　58.00 元

赣版权登字 -07-2024-975

目　录
CONTENTS

I

◀ 江湖鱼馆
....

这是一部小说，没有封面，不知小说的题目。说的是一位少年阴差阳错地离开了山村，离开了青梅竹马的少女——英。少年阴差阳错遇上好多武林师傅，被迫学到多门武林绝技，成了江湖第一武林高手。少年成了英俊青年，他回到山村寻找英。英早年离开了山村寻找他……

红墨被瞌睡虫蚕食，趴在小说上睡着了。一觉醒来，不见了小说。妈，小说呢？红墨妈刚准备出门上班，她是保洁员。红墨爸死得早，红墨又天天写小说，三十多岁了还不愿意娶妻。红墨妈每月不到三千元的工资是家里唯一的经济来源。红墨说，妈，咱不着急，等我出名了，让您过上好日子！

妈问，啥小说不见了？红墨说，就是我睡着了，压在我胳膊下的小说。它又没翅膀？飞不了。妈说，再说，你自己写的小说，就算找不着，可以重写呀。

我自己写的？我自己写的怎么不知道小说的题目？也没有署名作者红墨呢？也许真是我自己写的——写到村人告诉回乡的青

年，英早年离开了山村寻找他……自己睡着了。红墨一直用方格纸写作，一个标点占一格。

你自己找找，妈要赶时间。红墨妈开门，关门。

倘若这部小说真是自己写的，待完稿、付梓、改编成影视，红墨不出名都难。四处找，都没有。满身尘土的红墨还检查了关闭的窗户，有翅膀也飞不出呀。

村人看见红墨抡着大铁锤砸一块庞大的岩石，问，你砸岩石干嘛？红墨答，找书！村人奇异，书在岩石里？这红墨写小说写成了神经病。

大铁锤的长柄由竹片合成，软软的，呼呼生风。红墨的虎口渗出了血，庞大的岩石渐成碎石。没有小说。房间里找不到小说，红墨被托梦，小说在这块岩石里。

红墨爬上高高的树，树上有一个鸟窝，鸟窝里有几只雏鸟张着嫩黄的小嘴吱吱叫。红墨小心拨开雏鸟，没有小说。谁说小说在鸟窝里？雏鸟惊惶的叫声引来爸妈。雏鸟的爸妈一齐向红墨攻击。红墨喊，我没有伤害你们的孩子，我找自己的小说。这里只有小鸟，没有小说。声音尖细，许是雏鸟的妈。神经病！声音粗哑，许是雏鸟的爸。我不是神经病，我是小说家！红墨申辩。啄死他——雏鸟爸妈一齐啄红墨的头。红墨惨叫着从树上滑落，头上几个创口，衣服被划破，摔倒在地还翻了几个滚，晕乎乎站起来往家走。

怎么走不到家呢？红墨竟往大山深处走。见到几间竹寮，几辆轿车。有男男女女从轿车里出来，看见红墨发间沾血、衣服撕破，怪怪的眼神瞟了他几眼，径直走进竹寮。红墨尾随。竹寮门口挂一牌匾，上书：江湖鱼馆。馆内设二桌，无虚席，有一位穿着古典、相貌清丽的女子像一条鱼游弋其间。女子见红墨，移步过来，从头至脚缓看，浅浅地笑，问，吃鱼？红墨摇摇头又点点头。有预约吗？不知哪位顾客问。红墨答，没有。众顾客哄笑。女子抓红墨手臂出竹寮，站牌匾下，依然浅浅地笑，说，吃鱼，要预约的。红墨说，我不吃鱼。那你来干嘛？红墨摇摇头。你哪儿的？红墨闭上眼睛，似乎头仍晕乎，再摇摇头。你是谁？红墨还是摇摇头。女子说，我这儿正缺种蔬菜的，十天后，我烧鱼给你吃，预约需十天。

女子是"江湖鱼馆"的老板娘，男厨师是她雇佣的。厨房通向宴间的门从来关着，烧煮好的菜肴从窗口递出。顾客能从窗口瞧见厨师，他一手颠勺，一手卷握着一本书，封面包着油腻腻的黑色膜。顾客说，那是菜谱，祖传秘籍，难怪鱼烧得"天下无双"。

十天后的夜餐，老板娘只摆了一桌，宴席散去后，老板娘让厨师烧了一条鱼给红墨吃。红墨夹筷一尝，果然"天下无双"。

老板娘陪着红墨吃鱼。你看过雷默的小说《大樟树下烹鲤鱼》吗？老板娘问。红墨说，当然看过。这篇小说写的是，大樟树下的那个老板，每餐只接待两桌客人，每桌只做一条鲤鱼。每杀一条鲤鱼都要剜下一颗眼珠子，储在一个玻璃罐里。某天，倒出来一看，把老板吓呆了，竟然杀了这么多鱼。不烧鱼了！老板就关门歇业了。

我是学他的。老板娘说，我开"江湖鱼馆"并不是为了赚钱，我在等一个人……

　　红墨好奇，等一个人？

　　而且我并不认识他。老板娘说。

　　他一定会来？

　　一定。

　　那他认识你吗？红墨问。

　　老板娘却转移话题，明天厨师回老家，你替代他做厨师。

　　我，做厨师？红墨说，我不会烧鱼。

　　你只要看那本书就行。老板娘说。

　　红墨想起厨师手里的那本菜谱。

　　厨师走了，老板娘把菜谱交给红墨。红墨剥开油腻腻的黑色膜，封面上赫然写着——

　　江湖鱼馆

　　红墨　著

　　你就是……红墨豁然清醒。

　　我的名字叫，英。

◀ 一朵云

掉下来了！掉下来了！潘二在村里边跑边喊。

村人问：啥掉下来了？

潘二说：尾巴掉下来了。

村人问：谁的尾巴？

潘二说：云的尾巴。

云的尾巴？村人大笑，掉哪里了？

潘二说：掉在月半山上，挂在一棵松树上。

一位中学生搭腔：那个不叫云，叫雾，高空叫云，低空叫雾。

云的尾巴掉下来了，掉在松树上。潘二继续边跑边喊。

潘二在月半山上走，看见一个云团在天上游走，走呀走呀，突然它的一截尾巴掉下来了。潘二想这云咋不要尾巴了呢？它想换新的尾巴？它能长出新尾巴吗？这截尾巴飘呀飘呀，越飘越低，挂在一棵松树上，几乎包住了整棵树。云想飘走，可是走不了，云的多处被松树枝勾住了。这朵云真是可怜，被主人抛弃扔下来，又被松树枝勾住走不了。他要解救这朵云。潘二就爬上树（好在

被风吹走的影子

这树不高只是树干粗大），伸手扯拉云，却虚空。云抖着身子，似乎说：救救我！我要飞走。潘二眼里热潮潮的：我救不了你，我叫全村人来救你。云又抖了抖，很感动。潘二就爬下树。

潘二忽然想起：女人的心像天上的云。

这女人的心咋样呢？不是说像天上的云吗？潘二没有女人，不知道女人的心长咋样，他要趁机细看女人的心。潘二又爬上树。这女人的心，柔软、蓬松、半透明，又触摸不到。总之是好看，不能摸。云抖索得厉害，几乎痉挛：你摸我干嘛？潘二说：我摸不到你。云说：可是我感觉到了。潘二奇怪：摸不到她，她咋会有感觉呢？

对不起！潘二对云说。他爬下树，匆匆下山去。

有村人提议，不妨去看看，说不定真有一朵云掉下来，挂在树上。上回潘二不是说神仙洞出神仙了吗？神仙洞是月半山上的一个洞。村人赶赴神仙洞，洞里果然有一对青年男女，紧抱着，嘴贴着嘴。村人近前，他俩不跑开，也不分离。有人上前一拉，两人轰然倒下，这对青年男女竟是死人。

村人跑着上了山顶，跟着潘二来到这棵松树下。哪有一朵云？潘二挠着后脑勺：我真没有骗你们，我明明看见有一朵云挂在松树上，我还摸过她……

在那，云在那！潘二手指天空，突然喊。

人们仰头望天，洁净苍穹，一朵云在低空中悠悠游走。

就是这朵云，我认得她。潘二又喊。

从此，这朵云（只有这朵云）就在月半村周围的低空中悠悠游走……

月半村原本很美，某天夜里掉下半瓣月亮，有了月半村。后来月半村的天气出现了故障，要么连续曝晒，土地龟裂，庄稼枯死，山上的草木焦黄；要么连日暴雨，泛滥成灾，庄稼颗粒无收。再后来月半村竟然不出太阳，也不下雨，半晴半阴，半阴半晴。月半村人的神色也都半晴半阴，半阴半晴。是潘二发现一朵云掉落在月半山的松树上，又飞升至空中，漫游在月半村的低空不离去。

这朵云有时像山峰，有时像羊群，有时像犁过的田……有时载着阳光，通体透明，有时蓄着雨水，洒下雨珠……山上的草木绿了，田野里的庄稼拔节，小溪的水涨了、清了。再后来，月半村的房屋高了。游客纷至沓来月半村，看这朵神奇的云。这朵云总是飘游在游客们的头顶。

游客抬头喊：阳光。

这朵云渐渐染上红色，通体透明，筛下几缕阳光。

游客抬头喊：雨丝。

这朵云渐渐变暗，变黑，俄而飘下雨丝。

游客们无不惊叹，这真是一朵神奇的的云。

外村的一个女人要和潘二结婚。潘二问她：为啥嫁给我？那女人答：因为这朵云。

可是月半村老老少少都出现了咳嗽，咳血，严重的死亡。唯独潘二不咳嗽。医生竟诊断不出月半村人咳嗽的病因，也治不了。月半村被封村。潘二的妻子也咳嗽，咳血，早离家出走。潘二慨叹：女人心，天上云。

云呢？那朵云呢？潘二抬头望天，找云。

没有。

潘二发现这朵云坠落在荒坡上，颜色晦暗，长满黑斑，痉挛着，喘息着。云吁吁说：救、救、我！潘二立马打电话给专家。专家们穿着防护服莅临现场，研究结论：这朵云已霉烂，是地上的戾气充斥了这朵云，这朵云又把毒气撒向大地。专家断言，这朵云没救了。

如何处置这朵患了不治之症的云呢？月半村人分为两派。一派说，这朵云害了月半村，必须立刻消毒、焚烧这朵云。另一派说，这朵云救了月半村，必须厚葬这朵云，并立碑纪念。

潘二说，他做了个梦，梦见一位仙人。仙人说，只要用没污染的露水清洗这朵云，这朵云就能治愈、复活。潘二跪求村人，相信他这一回。

全村人信潘二的话，每日清早采集露水，装在玻璃瓶里，浇注在这朵云上。该要多少露水呀！而且露水没被污染。不知多少年后，这朵云终于鲜亮、柔软、蓬松，缓缓飘扬起来，飘过月半村人的头顶，飘向光洁的蓝天……

◀ 清凉的夏天

小伙子在田里挖藕，脸上、衣服上溅满泥点。女子看着田里弯腰的小伙子，又瞅见田埂上搁着的一双大码拖鞋，抿嘴一笑。女子抬头望天，太阳西斜，脸颊似乎被阳光嗑了下。

小伙子挖出一排藕，小心地将去污泥，直起腰，这才发现田埂上有个女子看着他。女子高挑，戴太阳帽、墨镜，背着一个鼓鼓的行囊……

这藕真好看！帅哥，卖吗？女子声音柔软。

小伙子说，不卖，送给你，我自家种的。

女子说，我没地方煮藕，到你家，煮熟后再卖给我，方便吗？

小伙子说，方便。不卖，送你吃。

小伙子拿着藕，走上田埂，左右脚丫子在水沟里轮换划拉了几下，套上拖鞋。面对女子腼腆一笑，用衣袖抹了一把脸。脸更花了。女子噗嗤笑出声来。小伙子低头走，不言语。女子跟在他身后。小伙子果然在一米八以上。

小伙子和女子进了院子。小伙子瞧一眼身上的脏衣服，又瞄向围墙边上的一个水龙头，说，我要冲个澡。看着女子腼腆地笑。

你家里没有沐浴间？女子问。

小伙子摇摇头。

女子放下鼓鼓的行囊，走出院子，轻轻掩上门。一会儿响起冲水声。

女子再回院子。夕阳下，一个干净、英俊的小伙子红彤彤地站在眼前。小伙子生起炭火炉子，用一只大铝锅装进几节藕、几颗玉米棒、几个番薯、几撮花生……煮了一锅"大杂烩"。

夜饭吃这个。小伙子说。

这个好！减肥。女子试探说，你家人……

我爸妈早走了，我一个人，还没娶妻……小伙子说。

你咋不出门打工？

家乡好！

女子说，这里好！空气新鲜。

锅盖跳动，送出缕缕香味。

冒着热气的铝锅放到石桌上。小伙子快手抓出一颗玉米棒，放进女子面前的碟子里，说，烫，莫急。稍会，女子抓起玉米棒，还是烫，玉米棒在女子巴掌里颠簸着。女子笑，小伙子也笑。

会喝酒吗？小伙子问。

会点。女子答。

小伙子舀了两小碗酒，说，我自己酿的糯米酒。女子呷了一口，说，香甜！小伙子脸颊微红，女子的脸色仍是原色。女子的酒量在小伙子之上。女子这才问起小伙子的名字。小伙子说他姓石，叫石块。女子说这名字有特色。你就叫我小夏吧，夏天的夏。

月亮悄悄地升上来……

石块问，你到哪里？走亲戚吗？

小夏答，这里我没亲戚，我只是到山里随便走走。今晚我都没处住宿，宿你家可以吗？

石块嗫嚅着。

小夏呵呵，你没娶，我也没嫁，我都不怕，你还怕我？

石块也呵呵。

小夏一身粘汗，自然要洗澡。只能是围墙边上的那个水龙头。石块说，这水是从山上的清泉接来的，冬暖夏凉，特舒爽。我这院子一天到晚没人进，你只管洗，我给你把院门（院门没门闩）。

月朦胧。小夏就在那水龙头下冲完澡。

石块的屋，一层，三间、乌石砌墙。中屋类似客厅，南屋是卧室，北屋是灶间。只有一张床。石块在中屋地面摊上一张篾席子，扔了一条薄毯。小夏自然睡南屋。石块递给小夏一根木棍。小夏呵呵，让我防身？石块把小夏领进南屋，原来没有门闩。木棍用来堵门。小夏不禁又呵呵。

小夏关上门，拿木棍堵门，咧嘴笑笑，又撤去木棍。

推开安了纱网的窗，夜风清凉，不用开电扇。床很整洁，舒爽，但小夏久未眠，细听石块轻轻的、均匀的鼾声……

第二天，石块要去地里干活，小夏没走的意思。石块问，你不走了？小夏妩媚一笑，我去哪儿？不走了，就住你家了。忽脸一变，你嫌弃我？石块说，没有。小夏说，没嫌弃我，就别赶我走。石块说那你在家，我去地里。小夏说，一个人在家，多寂寞呀！我要跟着你。石块捎了锄头、畚箕出院门。小夏戴上太阳帽、墨镜跟着。

夜。小夏睡南屋，石块睡中屋。小夏久未眠，石块睡得酣。

第三夜。半夜里电闪雷鸣、地动山摇。小夏从南屋蹿到中屋，紧抱住石块。这个夜晚，小夏引领着石块让他做了"男人"……

可是咱俩不般配。石块说，你是城里人，我是山里侬。

小夏偎依着石块，说，你是男人，我是女人，只要你情我愿，就般配。

你咋跑到山里来？

小夏说，我患了哮喘……

得赶紧治！我带你让"百草灵"看看。

"百草灵"是镇上一名老中医的雅号。

医生说我只是微喘，不用治，只需到山里吸吸新鲜空气……小夏笑笑，说，兴许你就是"百草灵"，我的"百草灵"！

我哪会是"百草灵"呢？"百草灵"真很灵的。石块说。

小夏移转话题，问，你好像没有手机。

石块说，山里没信号。

小夏说她这次出来故意手机不充电，谁也无法打扰她。独来独往，多自在呀！

这个夏天很清凉。

立秋那天，石块去山上干活，小夏在"家"里洗洗晒晒。黄昏，石块回家，不见小夏。只见南屋的桌子上有一张纸条，上面压着一张银行卡。

石块：

谢谢你！

我走了。忘记我。

卡里有 100 万元。密码是你的身份证后 6 位数字。

小夏

◀ 河的第三条岸

为什么河神让她在河里游泳？河神永远不会告诉她，她也永远不会问河神。

一条曲曲弯弯的河，很长、很宽，自西向东流。

河的北岸，种植水稻、麦子、玉米……五谷丰登、春华秋实；除了庄稼，还是庄稼。

河的南岸，花团锦簇，馥郁芬芳，牡丹、月季、丁香……除了鲜花，还是鲜花。

河神对她说，你只能选择北岸或者南岸上岸，否则只能永远在河中游泳。而北岸只有庄稼，你将永远不能拥有鲜花；而南岸只有鲜花，你将永远失去庄稼。

没有庄稼，何以生存？她向北岸游去……

人活着只因胃囊和舌尖吗？她向南岸游去……

生命不存，又何以赏鲜花？她复游到河道的中央。

北岸和南岸都不是她的岸。她浮在水面。

有河的第三条岸吗？她问河神。

河神说，抬头向前看。

她望见远方——水天一色，北岸和南岸交会，庄稼和鲜花相连。

那是河的第三条岸。

可你还没有游到尽头，你的生命就结束了。河神说。

只要希望在。她向着河的第三条岸游去。

河水突然自东向西倒流。她在河道的中央打转转。

怎么回事呢？她问。

河神淡然说，这是一条神秘的河。

她依然没有选择靠岸——或者北岸或者南岸，眺望一眼远方，向着河的西方游去。

水流并不湍急，因为这条河从低往高流，旅程异常艰难，但她的前方是河的第三条岸。

◀ 写小小说我是瞎编的

文友问起我《与你白头偕老的，只有我》的创作过程。我说，写小小说我是瞎编的。

不会吧？

那你听我说。比如那天傍晚，我在江边散步，看见有个男人——身材颀长，白衬衫别进藏青色裤腰，"三七"式发型，戴黑框眼镜，皮鞋锃亮——一个清清爽爽的老头。男人转向江面，双手扶栏，上身倾斜。

夕晖映照，半江瑟瑟半江红。

迎面走来一位妇人——五十岁余，头发凌乱，腰与臀一样粗，手里拎着一只保温饭盒，脚步匆匆。妇人从男人身后走过（挨近他的屁股不过一尺），目不旁视。男人未尝转身，望向江面。

一对偶遇，却不曾照面的男女。

这对不相识或者不相见的男女，有什么故事抑或有什么瓜葛呢？

我就瞎想——男人和妇人曾经是伉俪。后来，她嫁给了城里的工人。他憋着气，考进了"公办"，先是"合同制"，然后"体制内"，如今业已从文化单位光荣退休。而她的丈夫早已下岗失业，一家子生活潦倒……

这个梗不免老套。那就换一个——巷口不知啥时候摆了个修鞋摊。男人——姑且叫他木先生，木先生身材颀长，白衬衫别进藏青色裤腰，"三七"式发型，戴黑框眼镜。木先生的一只皮鞋鞋帮与鞋底之间有点开裂，去补鞋。木先生家庭条件还不错，自己是教师，妻子在乡镇工作，独生女儿留学国外。补啥鞋呢？买双新的吧。一是这双皮鞋价格贵，还有半层新；二是木先生不但节约，且恋旧，颇有些"敝帚自珍"的意思。

一顶硕大的晴雨伞，一边停着辆脚踏三轮车，另一边放着补鞋机，中间的折叠式"皮带凳"上坐着女摊主。

木先生说，老板娘，补鞋。女摊主停止手里的活，接过木先生的鞋，翻看鞋子，说这皮鞋皮质好。

木先生正欲走开，去附近逛逛再回来拿。

女摊主说，先补你的鞋。瞄一眼面前的塑料凳子对木先生说，你坐。便扔给他一只更换拖鞋，然后开始擦鞋、绱线、刷胶。动作谨慎又熟练。

OK 了。女摊主居然夹杂英文，你看看，可以了吗？把鞋子递给木先生。

木先生接过鞋子。挺满意的。问多少钱，拿出手机准备扫码。

你的，不要钱。女摊主微微一笑。

木先生一愣！咋能不收钱呢？日晒雨淋的，赚点辛苦费。咱俩又不熟，熟人也必须付钱。

女摊主突然站起来，嘴巴凑近木先生耳朵说，与你白头偕老的，只有我。此时的修鞋摊边上只有木先生一个顾客。

她脑袋……木先生这才细看女摊主。她年近半百，身子矮胖，五官不算丑，眼角撒着鱼尾纹；衣服劣质，围裙脏兮兮的，手指粗短、糙裂。

女摊主呵呵一笑说，看我很老了是不？我今年四十八岁，比你少四岁。

木先生今年是五十二岁，她怎么知道的呢？木先生不知道自己怎么离开修鞋摊的，有没有扫码付钱。

后来木先生问过几个与修鞋摊女摊主相熟的人，她脑袋……他们都说，没有啊，她修鞋技术好，态度亲和，价钱又是最便宜的。

可是……木先生身高堂堂一米八，长相儒雅的教育工作者，最终会和她白头偕老？这是她的幻觉吧。

三个月后，木先生妻子因公出差，车祸身亡……忙过一阵子后，木先生发现另一只皮鞋也鞋帮与鞋底之间开裂。他不敢去那个修鞋摊。那个女摊主是个魔鬼！

大概一年后，木先生邂逅二十多年未见的刘翠英。刘翠英是他的大学同学，也是恋人。当年她的父母硬逼她嫁入一个大老板家庭。前几年，刘翠英公公创办的企业破产，刘翠英的公公暴病身亡，刘翠英的丈夫从三十多层的"富豪大厦"一跃而下……他与刘翠英重续前缘。冷不丁，刘翠英与原在她厂里做保安的，住在了一起。

木先生就是从今以后永远做鳏夫，也绝不会与女摊主白头偕老。

那天，木先生竟鬼使神差地经过修鞋摊。

你的鞋底开裂了，我给你修修。女摊主口气平和地说，与你白头偕老的，只有我。

木先生轮换单腿独立，查看鞋底，俩鞋底严重开裂。不修了！木先生口气有些重，他决定这回丢弃破鞋子。

女摊主咧嘴笑笑。木先生没看见。

木先生从未续弦，直至退休。木先生突发炎症，高烧不退，说胡话，被邻居送去医院。清醒时发现，女护工竟然是女摊主。

你？木先生不敢相信。

小巷拆了。我做护工。她微微一笑，与你白头偕老的，只有我。

木先生仰望天花板长叹，哎——

一个老头与一个妇女在江边偶遇，又不曾照面，我竟瞎想这么一出，还写下《与你白头偕老的，只有我》。你说，我写小小说不是瞎编吗？

木先生与那妇女真白头偕老了？文友问。

我也不知道。我呵呵。

◀ 黑　囊

钰兹偶然发现臀部有黑斑，不痛不痒，巴掌大、光滑。钰兹一直忙着实现欲望，没有重视黑斑的出现。待第二次发现，黑斑铺满整个臀部，不痛不痒，稍有隆起、毛茸茸的。欲望重重叠叠，黑斑长在臀部，钰兹仍没去医院治疗。

又发现，臀部的黑斑往下往上铺展，大腿、小腿、脚后跟，腰、脊背、后脖子，全在身体的后面；颜色越来越黑、厚度不断增加、毛发细短但茂密，仍不痛不痒。

钰兹赶紧去医院治疗。

各种检查后，医生说，非良性肿囊，不用放化疗，患处勿暴露、直接暴晒，忌光——切记，忌光，宜食清淡食物，保持心情愉快。

窈窕、爱美的钰兹告别了露腿裙、露腰装、露背装、露肩装，永别了比基尼（钰兹爱游泳，人称"浪里白条"）。冬天钰兹把身体裹得严严实实，酷暑脖子上也箍条纱巾，更不敢在日光、月光，甚至在灯光下行走。只是心情愉悦难以做到。

黑囊不断增厚……

医生对钰兹说，已无法进行剥离手术，不仅你的血管、神经与黑囊相连，而且你的心脏、肝、肺、脾胃、肠……已转移至黑囊，只有脑袋还是你自己的。

黑囊越长越庞大，钰兹越来越瘦弱，仿佛背负着一个黑气囊。钰兹仰躺在床上，仿佛一条薯片镶嵌在一只巨型的黑面包上。钰兹没法穿衣服，只在身体的前面挂一块布，似门帘。

钰兹无法活，缓缓走进大海。波涛一浪又一浪，庞大的黑囊无法沉没。终于钰兹呛了水，被浪涛卷走……

钰兹醒来，眼前是一个目光深邃、头发胡子葳蕤的男子。

你是谁？

人家叫我疯子。

这是哪？

荒岛。

我能治好你的黑囊。男子说，其实不是黑囊，是你欲望的影子，影子被你养胖了，又反过来渐渐吞噬你……

果然是疯子。

我原来是医生。

男子拿注射器抽吸影子的黑色血和浓臭的油状物。黑色血和浓臭的油状物滴洒在树苗上，树苗瞬时枯萎。男子把一只只装着黑色血和浓臭油状物的玻璃瓶埋在土里。影子皮囊失去了血液和供养，一天天萎缩、消褪……内脏回归钰兹的身体。钰兹还原了钰兹，通身光洁，没有丁点黑斑。

钰兹留在荒岛。

◀ 倒 立
·····················

　　普生脚下一滑，团着身子滚落下去。终于停止滚落，他看见了奇异的景象——头顶褐色的土地，像盖子；盖子下悬垂着绿树、红花，绿树、红花倒插清碧的水面；水面之下水鸟低飞、盘旋，唱出短句而动听的歌词；水鸟之下是蓝蓝的天空，漂浮着朵朵白云……

　　好玩，好玩！普生说。

　　普生发现自己整个身子笔直地嵌在坡壁的凹处，头朝下。普生再观这新型、奇妙的景象，又说，好玩，好玩！直到双手、脖颈酸麻，才把整个身子小心地抽离出来。普生屈臂、提腿、转腰、摆胯，做了几个简单的动作，哪儿都不疼，毫发无损。

　　普生再没找回这里。那天普生不上班，在路边摊不知灌了多少瓶啤酒，醉醺醺的任凭摇摇晃晃的双腿载着他的躯体不知走向何方。脚下一滑，团着身子滚落，整个身子就笔直地倒立着嵌在坡壁的凹处，从而看见了奇妙的景象。普生后悔那天回家没有一路做下标记，否则他可以重返这里，倒立，进入新的天地。

何必寻找这里呢？也许只要倒立，就能看见别样的世界。普生突然醒悟。他在客厅练倒立，靠墙，头着地，两手撑住，把身子倚墙上翻……一次次翻倒，一次次上翻，头磕得生疼，膝盖砸出淤青，他不放弃，终于身子稳稳地靠墙而立，然后举起双腿，倚着墙，慢慢儿伸直。

普生看见了新的景象——茶几、沙发、落地式空调、壁画等倒置；电视正演播着武打片，一个年轻人正与一个老者倒立着比试武功；吊灯正栽在天花板上，灯光从下往上照射。

好玩，好玩！普生说。

后来普生依然靠墙倒立，但头颅离开地面，再后来普生倒立着，头颅离开地面，双腿举起，弯曲，一圈圈在客厅巡走。有时停下来，靠墙倒立，头颅离开地面，双腿倚墙伸直，观赏奇妙的世界——茶几、沙发、落地式空调、壁画等倒置；吊灯正栽在天花板上，灯光从下往上照射。

好玩，好玩！普生说。

妻子进门，看见普生倒立着在客厅巡走，嘟哝句神经病。普生没听见妻子说啥，只看见她——先双腿再身躯后头颅——颠倒行走蛮有趣。

七年前，普生深爱她，要娶她为妻。她说她是丁克族。普生是独子，他父母自然坚决反对。普生问她，你当真不生孩子？她说也许不生，也许突然答应你生孩子，看时机而定。普生对父母说，我一定让她生孩子，但要给我时间。可是至今普生也没能使妻子的肚子鼓起，而且妻子和他早已分床睡（她睡卧室，他睡客厅沙发）。

妻子开始暴食，大鱼大肉不忌口，原先身高一米六五、体重四十九公斤，现在身高仍然一米六五，体重已达七十四公斤。普生厌倦她臃肿的肉体后，开始酗酒。

普生不再酗酒，甚至戒酒，出门戴上手套，倒立行走，看楼群、树木、车流、行人、动物……一切颠倒的画面。这种双掌托着地球，双脚弯曲指向天空的感觉，甚是奇妙。普生哼起流行歌（因倒立，歌词混沌而苍茫），曲举的双腿一伸一缩，像打着节拍。孩童跟着他，说，好玩，好玩！也有行人嗤他神经病。

普生的办公室在五楼。普生不坐电梯，走步行楼梯，当然是倒立行走，戴着手套。同事们都哂他神经病，秃顶老板要解聘他。可是普生自倒立行走后，业绩噌噌噌不断往上升。秃顶老板研究发现，倒立行走能开发后脑勺，提高智力和应变能力。倒立看世界，思考的角度全然不同。秃顶老板不仅自己练倒立，还要求全体干部员工练倒立。他的口号是，倒立看世界，迈进新天地！本是半瘫痪的公司从此转机，走进辉煌时代。秃头老板的秃头神奇地长出头发。老板提拔普生为公司副总。

普生不需戴手套倒立行走，他的手掌皮已长出厚厚的茧。

某天普生回家，看见妻子倒立着在客厅巡走。妻子邀请他，来吧，我们一起倒立行走。普生竟不知道妻子哪天学会倒立行走的。

普生和妻子一起出门，一前一后倒立行走，成为行人眼里一道"好玩"的风景。

普生，你仔细瞧瞧我！普生和妻子在客厅倒立行走后，妻子突然说。

妻子脸色红润，两眼生辉，高挺的双乳似乎上移，臀部饱满上翘。量了身高，称了体重，妻子身高一米六五、体重四十九公斤。普生拥着漂亮的妻子。妻子牵起普生的手。

进卧室吧。妻子含情脉脉。

我？普生指着自己的鼻子。

一起睡觉。妻子居然有些娇羞。

睡觉干嘛？普生调皮。

妻子捶了普生一粉拳，生孩子呀！

被风吹走的影子

◀ 长蹼的女孩

　　水灵一觉醒来，发现双手掌、双脚掌长出了蹼。

　　手边放着《红墨小小说集》。

　　那是暑假。水灵手里捧着一本《红墨小小说集》。水灵妈说，你看这乱七八糟的书干嘛？水灵说这书没有乱七八糟，有一次语文考试阅读题就是红墨的一篇小小说，有 18 分呐。水灵妈说那得看，就去早餐店里忙活。看着看着，水灵趴在桌子上睡着了。

　　迷蒙中，水灵在水里，可自己不会游水呀。双手掌、双脚掌张开，又听见竹笋拔节的声音。兀地醒，发现双手掌长出了蹼，双脚掌也撑出拖鞋，长出了蹼。水灵觉得好玩，长出蹼的双手掌张开又合拢，合拢又张开，像两把折扇子；又站起来走走，有些摇摇摆摆，像鸭子。

　　这才给妈打电话，妈，我的手和脚，长蹼了。

　　啥？长蹼了？

　　是呀，就是鸭子的那种蹼。

　　你做梦了吧？

我真长出了蹼。

水灵爸妈从早餐店赶回租屋，看见了蹼。爸脸色铁青，妈哭哭啼啼，送水灵去医院。医生说这是返祖现象，割了，蹼依然会长出来。水灵说人类的祖先是猿，咋会长出蹼呢？医生说，你这返祖比猿还早，是鱼。水灵说鱼也不长蹼呀。医生说，蹼就是鱼的鳍。

咋不变成美人鱼呢？咋不长出一对翅膀呢？哪有想变什么就能变什么的？自己又不是孙悟空？想起卡夫卡《变形记》里的格里高尔·萨姆沙从睡梦中醒来，发现自己变成了一只巨大的甲虫。水灵说，高尔·萨姆沙真可怜，我比他幸运多了。

明天水灵本是要去培训班学古筝的，长了蹼还弹啥古筝呢？从小父母就给她报了若干培训班——书画、器乐、拉丁舞等。水灵生长在小山沟，父母带着她来到这经济发达的古镇，给水灵找了学校（这所小学主要招收外来工子女），租下住房、店面，卖早餐。辛辛苦苦，自己一分钱也舍不得花，全花费在女儿水灵身上。水灵也争气，各门课皆优，学啥都像模像样，没有辜负父母的期望。上了六年级，学习紧，其他只能放弃，只剩下古筝，舍不得。水灵的十个手指特漂亮——纤细、修长，可现在突然长了蹼。

暑假结束，水灵戴着不分指丫的手套回学校。第一堂课，班主任就在班里讲故事：有一个男童掉进水里，恰一个女孩经过。女孩喊救命，可没有一个大人。女孩跳进水里，可女孩不会游泳。女孩的手掌、脚掌突然长出了蹼，把男童救上了岸。要不是女孩的手掌、脚掌突然长出了蹼，女孩和男童都被淹死了。班主任说这个女孩就坐在我们教室里，就把水灵的手套给摘了。全班同学都对水灵投来敬佩的目光，没有嫌弃的意思。水灵感谢班主任撒了个美丽的谎言。

水灵虽然写字、做题慢，但学习成绩依然全班第一。小升初，水灵以优异的成绩考入当地的中学。

县里举行中小学生夏季运动会，有游泳项目——蛙泳、蝶泳、自由泳，水灵都是初中组的冠军。尤其 4×50 米自由泳接力决赛，水灵所在的运动队第 3 棒突然脚抽筋掉队了。待第 4 棒的水灵扑下泳道，别组最快的第 4 棒已只剩下最后 20 米。水灵奋力追赶，如在水中穿梭的鱼。当然水灵所在的运动队获得了冠军。

别校运动队就提出抗议，说水灵长蹼，普通人谁能胜过她？水灵所有成绩应该无效，取消奖项，还讥讽说水灵只能参加残疾人运动会或者动物运动会。

争论的焦点是，水灵是人还是动物。

水灵当然是人，不是动物。

是人就符合参加人的运动会，而不是动物运动会。

组委会维持水灵所有的冠军奖项，还给水灵颁发了奖杯、鲜花。水灵笑得很灿烂。

水灵越来越离不开水，父母买了一只木桶。水灵喜欢在木桶里用餐、睡觉、划拉（企图游泳）。木桶太小，水灵总是把水划拉得满地都是。水灵的家乡振兴乡村，镇上还办了所初中学校。父母就歇了外地早餐店，回老家承包了村里的山、塘（人称"蹼人湖"）——种植果树、养鱼；在湖中小岛筑木屋，放养鸡、鸭、羊等。周末、假日，水灵在"蹼人湖"游泳、戏水。

又到暑假，水灵游弋于碧水之中，波纹在她身后荡开去，荡开去……游人的手机、融媒记者的长镜头对着水灵拍拍拍……水灵停止游泳，慢慢下沉……好几个会水者跳进水中，捞起水灵。

水灵双手掌、双脚掌的蹼没了。她的十个手指特漂亮——纤细、修长。

——是的，这是红墨小小说里所描写的。《红墨小小说集》里有一篇，题目是《长蹼的女孩》。

◀ 绿毛水怪

看视频号，偶尔刷到一个抖音。月夜下，水面上浮着一个怪物——身子圆形，披着绿毛，没看见嘴、耳朵、鳍和脚。哪有水怪？说不定在水里扔个游泳圈，然后用特效弄出绿毛。糊弄人！便滑了过去。

又刷到这个抖音。绿毛水怪缓缓游走，忽沉忽浮，时而还转个圈。有人在下面问：真有水怪？在哪？

千岛湖。

千岛湖？我一惊！我是千岛湖水上特勤。

我告知舅舅。舅舅是水产专家。我佩上麻醉枪，驾驶快艇，带上舅舅，在千岛湖水域巡逻。一连几日没遇上水怪。

又是月夜。我把快艇藏起，和舅舅伏在一个岛上。果然看见了它——游泳圈大小，身子圆形，披着绿毛，忽沉忽浮，时而还转个圈。没看见它的嘴、耳朵、鳍和脚。我和舅舅都拍下视频，可待我俩上了快艇，它下沉了。

我把这个视频发上朋友圈。

红墨回复：有一扇石磨（下半扇），磨齿几乎磨平了，搁在

被风吹走的影子

村里老厅墙边。阿公、阿婆坐在这扇石磨上抽旱烟、编麦秸扇，讲神话传说和民间故事；孩童在上面用木炭画棋盘……水库扩容，村庄没入水底。这扇石磨长满青苔和水草。它想浮出水面，看看水上面的美丽世界，可是身子沉，它就天天练蛤蟆功，憋气，把身子吹得鼓鼓的，能浮起来。它成了"潜浮器"。为了避免撞到游船，它都在后半夜浮上来。然后沉潜水底，它留恋昔日在乡间的岁月……

红墨是现代派小说家，哪有这等魔幻事？

我和舅舅继续蹲守。水怪浮上来，故意让我俩"捕获"。

果然是石磨的下半扇。

仿佛为了证明，红墨的文字是真实的。

◀ 雕

夜幕徐徐落下。她喘着气，歪歪趔趔走下山，途中停歇多回。听到叮叮当当敲打声，她循声而去。

一个三面通透的棚子。男人戴着长舌帽和口罩，满身灰尘，单膝跪着，一手握钎，一手握锤，在白炽灯下敲打，火星在青石上四溅。男人在凿一块墓碑。

师傅，能给我凿一块墓碑吗？

男人抬头，面前矗着一个湿漉漉的女子。男人说先烤烤火。

火焰升起，她凑近烤着。

你要凿一块墓碑？男人说。

给我姐姐，她说，我姐姐将死了……

还没死呢，男人说，兴许能救活。

没救了，就这三天里的事。她说，我要一块世上最漂亮的墓碑。

可是，什么样的墓碑才是最漂亮的呢？男人问。

她说很简单，不要任何花纹、雕饰，也不需"×××之墓"，只要在墓碑上雕刻一个窈窕的女子。

她的湿衣服冒着热气。

男人愣着。

无法完成？她问。

完成后，我马上通知你。男人说，留个手机号码。

她说她不用手机。

男人一直单膝跪着，又发愣。

我会天天来这里，直到你完工。她补充说。

夏天，她的薄衣服很快烤干了。

第二天一早，她就来到石棉瓦棚子，才看清楚男人四十多岁、面部棱角峻峭、眼神炯亮、手掌疤痕相叠、右小腿裤管空着。男人拄单拐走路。

被石炸的。男人说，都叫我"独腿师"，不是狮子的"狮"，我不属狮子，我雕狮子。是师傅的"师"。

我不叫你独腿师，我叫你师傅。她说。

男人呵呵，你就叫我独腿师，这没什么不好，这是现实。又问，姑娘叫什么名字。

她愣了愣，含混回答，人家都叫她"麻袋"。

麻黛，姓麻名黛，这名字好！男人哈哈笑，黛，青黑色，古代女子用来画眉。"看她眉似远山含黛，又兼双瞳剪水，真是楚楚动人"。

师傅怎么肯定就是黛色的"黛"呢？她有些欣然。

男人又呵呵，女子取名字当然是这个"黛"，难道还麻袋的"袋"？

男人笑，她也笑。

她要的墓碑完工。墓碑顶是一只镂空的凤凰，似飞未飞；墓碑阳面两边雕刻着岁寒四君子"梅兰竹菊"，凝露鲜活；正中的女子面容娇俏，腰身婀娜，发丝、裙裾的褶皱清晰流畅。

她看见"她"翩翩舞蹈。

你给一块没有生命的青石注入鲜血。她感谢师傅。

"窈窕淑女，君子好逑。"男人吟诗。

何来"君子"呢？她叹息，只有"窈窕"，才能"君子好逑"啊！

男人看看墓碑上的"她"，又看看身边的她。

这墓碑多少钱？她说，我没有钱，一分钱也没有。

男人说，小黛，你也知道我单身过。每天早餐我就烧好一日三餐的饭菜，到中餐、晚餐，我就热一热，图个省事。不用给雕墓碑的钱，你帮我煮饭烧菜、洗衣服，好吗？就三天。

一声轻轻的"小黛"，她的身体突然轻盈，似乎要飞起来。

棚子的一面靠土墙，土墙另一边就是男人的家，一床（枕边居然有一本书，是包了封皮的《唐诗三百首》），一桌、一灶台、一工具箱。男人早起去山下村子里的菜场买鱼、买肉、买蔬菜。她给男人煮饭烧菜、洗衣服。男人吃鱼、吃肉、吃蔬菜，她不吃肉、吃蔬菜、喝点鱼汤。

晚餐后，她也不急着回家。男人居然从抽屉里拿出包着布巾的口琴。树上的鸟儿成双对，绿水青山带笑颜……她演唱，男人伴奏。

三天后。

男人看着她的眼睛，说三天了。

她微笑，说你那墓碑贵，不止三天。

不知多少天过去。

男人问，你姐姐怎样了？

我姐姐……她愣了下，我没姐姐。

她是个肥胖者，体型像鼓鼓的装满棉花的麻袋。二十九岁的她没有工作，整天窝在家里不见外人，实在憋得慌就夜里出门，如吹鼓大气囊的幽灵。那天她拿了根粗绳索去山上。吊在树上，树枝断了；再选了根粗的，粗树枝弯到地上。她跳进山塘，整个人浮在水面，沉不下去。后来她听见了叮叮当当的锤凿声……

我的名字叫柳青青。她说。

我叫江水平。男人随口念诗，杨柳青青江水平，闻郎江上踏歌声。东边日出西边雨，道是无晴却有晴。

柳青青喃喃地重复着最后一句，道是无晴却有晴，心中荡开一圈涟漪。

江水平在棚子里雕刻青石。柳青青在屋子里画画，她画了好多的时装模特。

有一天江水平说，我能把你的时装模特雕一尊出来。

一个月后，江水平果真用青石把时装模特雕刻出来，栩栩如生。

柳青青时常在模特石刻面前沉醉。这一日，她倚着时装模特睡着了，眼里闪着泪花花。

我能把你雕刻苗条。江水平说。

真的？

可是很疼。

我不怕疼！

江水平一手拿钎，一手握锤，开始雕刻柳青青。赘肉从她的身体一点点掉落。

大眼睛、高鼻、长脖子、细腰……柳青青像模特一样站在江水平面前。

你把我从被臃肿的囚禁中解救了出来。柳青青说。

某日，江水平空着右小腿裤管、挂着单拐，脊背绑着一块墓碑，上山……回来时对柳青青说，你那块墓碑，被我埋了。

埋了？我还活着呢。柳青青惊讶。

我把它整块埋进土里。江水平说。

你埋葬了我的丑陋。柳青青说。

晚上柳青青给江水平搓脚。搓着搓着，江水平的右残腿像春笋一样拱出来，小腿、脚踝、脚掌……一条完整的右腿。

◀ 丑　侠

少年玉树临风。

少年的父亲铁臂侠在生死战中被秃魔砍去右臂，输掉妻子。铁臂侠本要自行了断，无奈儿幼，苟活，一只手扶儿养大。

少年离家，闯江湖、访名师，勤苦、聪慧，武功日涨。相貌却越长越丑，至青年奇丑无比。然武功盖世。

——江湖称"丑侠"。

丑侠杀人是从秃魔开始的。丑侠觅得秃魔，追问母亲的下落。秃魔交代，你母亲不从，早跳崖守贞而亡。丑侠像踩死一只蚂蚁一样踩死了秃魔。

然后杀死自己的几任师傅，因为丑侠要成就武林"天下第一"。丑侠父亲血喷尘土。

武林高手纷纷命丧丑侠拳脚之下。

更多武林高手联合摆阵攻杀丑侠。丑侠赤手空拳破阵，一一杀之。丑侠的肉身胜过铁桶，刀、枪、铜、戟不入，而他的拳脚如剑，如钺，如棍，如锤。

丑侠贪婪美色。年轻貌美的女子谁肯从他？皆被迫。女子便在丑侠的饮食里下毒。丑侠竟百毒不侵，饮剧毒如喝茶水。

丑侠已天下无敌。

孤独——丑侠上山，一拳敲碎狮王头骨。更孤独——丑侠连拍古松三掌，松针纷纷落。

丑侠来到河边，以掌劈水，水浪滔天。流水断而复合。

"我不是天下第一。"丑侠跪在河边，孤独。

◀ 形影分离

形本来是要升职的，却被人举报了。举报者竟是形的影子。

为什么要揭露那件事？形质问影子。

我冤枉你了吗？影子反诘。

这……形嗫嚅着。

我是你的影子，只会滋生、扩大、暴露你的阴暗面。影子说，我怕你祸害更多的人。

谁都有阴暗的另一面，哪个影子不为自己的主人隐瞒呢？形说的似乎也在理。

影子耸耸肩说，大概你们"人各有志"，我们"影各有志"吧。

你这个叛徒，我要处死你！形咬牙切齿。

形把影子拖拽至烈日下，用锯子锯。影子被拦腰锯断，一会儿又无缝连接到一块。形再用锤子砸，影子被砸出一个又一个窟窿，不一会儿影子又完整无损。形气急败坏，双脚踩住影子，用刨子狠狠地刨。影子的皮屑纷纷扬扬，不一会儿又完好如初。形朝着影子接连吐唾沫，影子出现一个个气泡，一会儿气泡逐个收敛，影子还是原来的影子。

影子在形的面前，肆意地夸张变形，妖魔化地表演着。

形四十岁了依然单身，好不容易有个离异女子愿意与他交往，他们相约鸳鸯山。

正当女子把一只手递与形时，影子突然说起那件事。离异女子剜了形一眼，气咻咻下山去了。

形拖拽着影子往山下疯跑，影子被石级硌得嘎嘣嘎嘣响。拖散你的骨头！形吼道。影子虽被扭曲、折叠，但依然完整无损。形走到僻静处，对着影子撒尿。满身腥臊味的影子对形骂着脏话。形又扑通跳入潭中，影子呛了几口水。淹不死你，也要把你憋成傻子！形自己先憋不住了，头颅露出水面。影子的头颅也露出水面，嬉皮笑脸地说，咋样？要不要出个"脑筋急转弯"考考我？

形再也不想看见自己的影子。有阳光的大白天，形足不出户；夜行时，形远远望见路灯，立马用随身携带的黑布巾罩住自己的头脸；晚上也不用开灯，形已拆除了屋内所有的照明装置。

可是，吃饭时，影子的两颗眼珠子嵌在碗底，绿荧荧地眨巴着，形拿羹匙抠，抠不掉；睡觉时，影子脏兮兮地印在床单上，形撕扯着影子，床单被弄破了，影子比床单还柔韧筋道；如厕时，影子卡在坐便器的咽喉处，冲不掉，抻它，却越抻越长……

形在屋里来回走，影子粘在脚底，黏糊糊的，甩也甩不掉。

形长期失业，生活窘迫，好不容易找到一份不见阳光、不见月光，也不要灯光的活计，又脏又臭又累，报酬又低微。面试，老板见形长得魁梧，又有文化，决定招聘他。可正在合同上签名时，公司办公室的灯突然亮了，是停电回送。影子这时又现形了，又说起了那件事。老板愣愣地瞪着形好久，自然回绝了形。

当天，形去了医院，要求做外科手术，让医生像割离连体人一样割掉自己的影子。

这是首例。不过，医生信心满满地说，我们有特殊的手术刀、特殊的药水、特殊的技术……

手术是在有影灯下进行的，而且是特殊的有影灯，因为无影灯下是没有影子的。

在有影灯下，影子果然异常分明，黑黑的，丑陋无比，和它的主人一般大小，连一根根汗毛都清晰可见。

影子在手术刀下被一点儿一点儿剥离。

手术异常成功。出院后，形在阳光下、月光里、灯光中摆出各种造型，欢呼着，我没有影子啦！

突然有一天，形的胸脯揪心地痛。形猛捶着胸脯，突然胸口探出一颗脑袋，黑不溜秋的，像颗土制的地雷，一双没有眼白的眼睛眨巴着，甚是瘆人！

我住进你的心室，这里非常安全！影子朝着主人吐舌头做鬼脸，宣告说，只要你的形体存在，你的影子就永远存在！形正欲掐死它，影子的头颅倏忽遁回胸腔。

形颓然坐在屋内潮湿的泥地上，一杯接一杯地喝着汽油，又把一桶汽油迎头泼浇全身。

影子，你这个魔鬼，我与你同归于尽！形嘶吼。

火苗从形的嘴里点燃，须臾，火光冲天。

消防车到了，火终于被扑灭。一名消防队员戴着头盔，满脸烟火色，只露出一双眼睛，站在废墟上，手里拎着一团黑乎乎的东西。

有人焦急地询问，救出形没有？

消防队员把手里的东西摊在一块干净的地上。脏脏的、皱皱的，有头有脸，有躯体，有四肢，有着完完整整的人形。

没发现形的尸体。消防队员不无遗憾地说，现场只找到他的影子。

◀ 奇异 6 分钟

夫要进山，我要跟着去。夫让我在家等公公和涓涓。我说公公和涓涓不都录有指纹吗？我家安装的是智能锁。我又说这回是“正式开演”，所有过程我都要加入。开了 50 多分钟，车到半山腰，停下。空气清新甜润。二间木屋、一围竹篱。闻咯咯咯鸡鸣声。鸡们啄吃草芽，虫子或飞栖于矮林，有几只围着一个戴蓝头巾的妇女蹈足、欢叫。妇女也和鸡们叨叨述说什么。

唱山歌哎——这边唱来那边和……男中音渺渺传来。几只白色鸟低飞。一男子头戴笠帽，划一小舟款款而来。碧波荡漾。

将来退休了，咱俩也在山间水边筑一间木屋。我说。

一言为定，夫呵呵，不过将来还远着呢。

小舟靠岸，男人朝我夫说，学会了吗？

夫叫了声老乔，呵呵说，应该是成功了。

老乔并不老，不逾60岁。好哩！一尾草鱼。老乔说话像唱山歌。夫跳上小舟，小舟晃悠了下。我没有登舟。

早上，公公打电话来，说他带涓涓过来吃晚饭，大概下午四点到，让涓涓在老家多玩会。涓涓读小学一年级，明天开学。婆婆没来，邻居筹办喜事，让她帮衬。公公开车，老家离我们居住的小区10公里，大概半小时车程。公公有三癖：烟、酒、肉。一天抽三包烟，"八块头"的。夫整条给公公买烟，一包20元以上，劝爸慢慢减烟量，一天抽2包，甚至1包。公公说这烟糟蹋钱，不过瘾。拿到熟人开的店里调换成一包8元的。酒倒是少喝，但嗜肥肉。婆婆曾和我说那时穷，哪有肉吃？肉虫从喉咙里钻出来，你公公往嘴里喂了几口生猪油。后来为了亲近涓涓，公公冷不丁把烟彻底戒了。但酒依然少喝，红烧肉依然大块大块地吃。公公说喝酒吃肉不碍涓涓。

我和老乔妻聊天。老乔夫妇有一儿子，博士，在大城市工作，刚刚结婚，儿媳也是博士。儿子儿媳要他俩来他们身边，他俩不愿离开家乡的山和水（老乔的村子就在山脚下）。老乔爱鱼，老乔妻爱鸡。

唱山歌哎——这边唱来那边和……男声二重唱渺渺传来。老乔和我夫上岸。老乔掂了掂手里的草鱼说，不会超过1斤半。进木屋，过秤，1斤3两。清蒸草鱼，这斤两适合。

公公今年70岁。夫企图让爸改吃清蒸草鱼。草鱼含有丰富的不饱和脂肪酸和硒元素，对血液循环、心血管有好处，有抗衰老、养颜和防治肿瘤的功效。夫和我开始排练"清蒸草鱼"，已演习了5次。

又向老乔妻买了一只山地鸡。我从不到菜市场买鸡，怕是喂了激素饲料快速长大的。

告别老乔夫妇。我和夫回县城去往菜市场，以购葱、姜、香菜、豉油、胡椒粉等清蒸佐料。

我幻想：我端上清蒸草鱼。公公搛着清蒸鱼块、酌着小酒，说好吃好吃！以后不吃红烧肉，吃儿子儿媳做的清蒸草鱼。涓涓给爷爷舀鱼汤……

车刚拐进菜市场大门口，接到涓涓的"手表电话"：妈，爷爷不说话了。

涓涓，爷爷怎么了？

只有涓涓喊爷爷的哭腔。

急赶回家。家距离菜市场约 800 米。公公的车停在家门口，已熄火，车钥匙还插着。公公左手握方向盘，右手拉手刹，头伏在方向盘上，脚踩着刹车。

急呼救护车，送往医院。

医生诊断：患者在 15:54 突发腔隙性脑梗塞，昏迷。

涓涓打电话给我是 16:00，那么在这公公突发腔隙性脑梗塞昏迷的 6 分钟里……

查看了监控。公公等了一个红灯，左拐、右拐、又左拐，进入小区，车子停在我家门口。公公一直双手握着方向盘，却眼白上翻、嘴巴歪斜、肌肉抽搐。偶有路人发现驾驶员此惊悚状，被吓呆，待缓过神来，车子已从身边开走。车子刚停下，公公右手旋了下车钥匙，车熄火。公公刚拉上手刹，头即伏在方向盘上。坐在后座的涓涓喊爷爷……

涓涓说，她一路上都给爷爷背诵古诗词，爷爷一路上都称赞涓涓记性真好，能背诵那么多古诗词，将来读博士。刚背诵到这首"茅檐低小，溪上青青草。醉里吴音相媚好，白发谁家翁媪？大儿锄豆溪东，中儿正织鸡笼。最喜小儿无赖，溪头卧剥莲蓬"，车子到家了。我爷爷……涓涓一直哭喊着要爷爷。

公公活转了过来。问及"奇异6分钟"，公公说他全不知晓。

我要吃"清蒸草鱼"。公公说。

◀ 无病重症患者
·····································

梅宾斯突然要去医院检查身体。

妻说，你一直身体棒棒哒，查什么查？不过又说，查查也好，放心点。

梅宾斯身材伟岸、壮实，脸色红润。

体检报告显示一切正常，什么毛病都没有。医生说，从没见过这么健康的体格。

梅宾斯不抽烟、不喝酒、不熬夜……又坚持强身健体，难怪这身体铁打铜铸。妻粲然说，我早猜到这结果，这下更放心啦！梅宾斯却忧心忡忡，说还得去肿瘤医院再查。妻脸上的粲然枯萎了，不过也没有反对。

梅宾斯去了肿瘤医院细查。体检报告显示癌指标都在正常值范围。医生说，每年一查还是必需的。

妻扶着梅宾斯的肩跳伦巴，说，我早猜到是这结果，这下该放心了吧？梅宾斯的脸上笼罩着一层阴霾，说，癌这种东西，一旦查出来就是中晚期。现在的医学水平，癌症是可以治愈的，但必须早发现。

你是说，没有查出癌症，并不是好事；而是查出癌症，是在早期，反而是好事？妻的语气掺和着讥讽。

是这样。梅宾斯居然微微一笑。

神经病！妻斥道。

梅宾斯搜了"百度"：病理诊断包括细胞病理学和组织病理学二部分。细胞病理诊断是以癌肿部位的细胞为材料进行病理检查诊断，对表浅部位的癌肿或者腔道与外界相通的自然分泌物进行刮片或涂片检查，对无分泌物的深部癌肿也可借助穿刺采取标本后再进行涂片检查；组织病理诊断是以切取或切除病变组织进行病理学检查诊断，选择最可疑部分多次进行病理切片检查，可用于一切增生性癌肿，癌症病理切片属于医学上的黄金标准。

梅宾斯立马去了顶级肿瘤医院，要求医生做细胞病理学和组织病理学检查诊断。

医生说这不行，必须在临床检查中发现患者有局部肿块或者占位性病变才能……

梅宾斯打断医生的话，患者花钱，为了治病；医生治病，为了赚钱。这不双赢吗？

你不是患者。医生说，医生的天职是治病救人。

我不和你理论，反正我必须做细胞病理学和组织病理学检查诊断。梅宾斯说，难道正常组织就不能切片吗？再说，你们怎么能主观臆断就是正常组织呢？倘若我已患癌症却耽误治疗，你们担当得起吗？

我是担当不起。医生的口气缓和了下来，说，这个，你是首例，我须请示院长。

院长经研究决定，可行。但需要递交两份材料：一是本人的"精神无异常"证明；二是配偶的亲笔签名。

"精神无异常"的证明很快拿到了，因为梅宾斯精神本正常。但配偶的亲笔签名遇到了阻碍。

妻说，你去"切片"，就离婚。

我患癌症死了，不是离婚，是离世。梅宾斯的情绪有些失控。

妻只能私下里去了肿瘤医院，最后和院方商定让梅宾斯患上胃癌，当然是早期。倘不查出癌症，梅宾斯将誓不罢休，胃癌相对风险小。

医生对梅宾斯的肝、肺、肾、胃、食管、贲门、皮肤、前列腺……甚至乳腺进行了组织病理学检查，最终诊断为胃部有恶性肿瘤，早期。

这就好！这就好！梅宾斯第一次露出笑容。

这下该彻底放心了吧？妻强作欢颜说，药物治疗就好了。

放心了！不过不是"彻底"。梅宾斯说，整块切除包括癌灶和可能受浸润胃壁在内的胃的部分或全部，按临床分期标准整块清除周围的淋巴结，重建消化道。这是目前根治早期胃癌的唯一手段。

其实你的胃非常健康。妻只能告以实情。

生命攸关，岂可儿戏？你们竟联合起来骗我。梅宾斯歇斯底里，我要化疗！

妻说，你全身部件没有癌症。

可以早预防杀死癌细胞呀！医生说了，切片检查也有漏诊、误诊的可能，没有绝对保险。梅宾斯几近吼叫，我坚决化疗，谁也休想阻拦我！

你去化疗，就离婚！妻下了最后通牒。

儿子抱住梅宾斯的腿哀求，爸爸，不要化疗，我不能没有爸爸！

梅宾斯说，爸爸不去化疗，爸爸会患癌症死的，那就真没有爸爸了，永远没有爸爸了！

妻和梅宾斯离了婚，儿子自然随了前妻。

梅宾斯拿了"精神无异常"证明，去了顶级肿瘤医院化疗科。他已无须配偶的亲笔签名了，因为如今的梅宾斯已是孤家寡人。梅宾斯开始了化疗之旅。

儿子再次见到了爸爸。梅宾斯头发掉光、脸色蜡黄，脊背微曲、动作迟缓，但一双深嵌的眼睛放射着灼灼光芒。

◀ 赴一场电影

爹，为啥不看电，要看它的影子呢？影子比电好看吗？

父亲咳了几下，没回答。

爹，累了吗？我下地走。

你还小，爹不累。

我依旧伏在父亲的背上，爹，电是动物吗？它有几只脚？

父亲说，见了不就知道了吗？爹也才见过一回。

我就想早知道么。我摸着父亲的胡子茬儿。

父亲说，它没有脚，只有屁股，坐在桌子上；有一只圆圆的大耳朵，会旋转，还缠着一条长长的带子……

它有嘴吗？

没有。

那它吃啥呢？不会饿死吗？

它吃电。

电好吃吗？像糖水一样甜吗？我啧啧着嘴。

人、牲畜都不能吃电。父亲反问我，闪电能吃吗？

爹真逗，爹又没说闪电，我担心说，那它不会被电死？

不会，它只吃电。父亲说，它吃进了电，圆耳朵就旋起来，长带子就走起来，眼睛就亮起来；它只有一只眼睛，但忒亮，射出一道光，照在前方的一面大镜子上。

它真是个怪物！我又问，她是个爱照镜子的女孩子？她漂亮吗？

也不是照镜子。父亲说，长带子上有好多影子，沿着那道光跑到大镜子上，演电影。

电影一定好看！像变戏法吗？

比变戏法神奇多了！

坳口村到了。没有放电影。坳口村人说是坳中村放电影。

父亲从衣兜里"变"出两个烤番薯，一人一个，添填肚子。父亲被噎着了，我拍着父亲的背。拍着拍着，父亲的脊背佝偻了，头发花白了。我长成了小伙子。我背起父亲，朝前走。

老父亲和我讲起他唯一看过的那场电影——男主人公是一位小伙子，他身材高高的，像一株挺拔的树；女主人公是一位漂亮的姑娘，她的目光湿漉漉的，像两股清流。小伙子家贫，他爹是个"药罐子"。姑娘的爹就阻止，把她锁在草屋里。月夜，小伙子攀上屋顶，扒出个大口子。姑娘上不来，又不让小伙子跳下去，耗着。月亮移到屋顶，垂下两根绳子。小伙子抓牢绳子下去，把姑娘和自己捆在一起。月亮把绳子慢慢儿提上来……

爹，这哪是电影？这不是我爹和我娘的"爱情神话"吗？

老父亲笑着，说爹也被搅混了。

坳中村到了。也没有放电影。坳中村人说是坳口村放电影。

我俩就从坳口村来。我说。

坳中村人说，这"十八坳"的另一头也有个坳口村。

赶不上看电影了。我嘀咕着，就起了返家的念头。

爹，我就要看电影么！有个小娃儿拽住我的裤腿。

你叫我爹？你是我的娃儿？那我的爹呢？

我背起娃儿，朝前走。

爹，为啥不看电，要看它的影子呢？影子比电好看吗？

我咳了几下，没回答。

爹，电是动物吗？它有几只脚？

我说，到了那个坳口村，看了电影不就知道了吗？

我就想早知道么。娃儿说，万一今晚赶不上看电影呢？又怕我打退堂鼓，急纠正说，不会的，赶得上的。

我说，电影没有脚，只有屁股，坐在桌子上；有一只圆圆的大耳朵，会旋转，还缠着一条长长的带子……

它有嘴吗？

没有。

那它吃啥呢？不会饿死吗？

它吃电。

电好吃吗？像糖水一样甜吗？娃儿啧啧着嘴。

人、牲畜都不能吃电。我反问娃儿，闪电能吃吗？

爹真逗，爹又没说闪电，娃儿担心说，那它不会被电死？

不会，它只吃电。我说，它吃进了电，圆耳朵就旋起来，长带子就走起来，眼睛就亮起来；它只有一只眼睛，但忒亮，射出一道光，照在前方的一面大镜子上。

它真是个怪物！娃儿又问，她是个爱照镜子的女孩子？她漂亮吗？

也不是照镜子。我说，长带子上有好多影子，沿着那道光跑到大镜子上，演电影。

电影一定好看！像变戏法吗？

比变戏法神奇多了！

另一个坳口村到了。晒谷场上黑压压一片，只有一束光照射在银幕上。我坐下来看电影，回头却不见儿子。电影已放映下半场，刚看出点明目，银幕上映出"剧终"二字。散场了，我却站不起来。儿子回来了，说电影没有脚，只有屁股，坐在桌子上；有一只圆圆的大耳朵，会旋转，还缠着一条长长的带子……儿子把我搀扶起来。儿子长成了一个大小伙子。我咳嗽着，捶着老腰。

爹，我背你。儿子说。

我伏在儿子的背上。

回家。

路弯弯，长又长，坑坑洼洼。

◀ 时间机器

二叔老屋，空着三壁。

一壁立着个大书柜，书码得齐整，不结蜘蛛网。有叔本华的《作为意志和表象的世界》、赫伯特·乔治·威尔斯的《时间机器》、加夫列尔·加西亚·马尔克斯的《百年孤独》等。

没见二叔写过一篇文，都问：你看那些乱七八糟的书为嘛？

你们不懂吧。二叔呵呵，你仰头看飞机，你就能变成一架飞机？

我仰头看飞机不是要变成一架飞机，是想坐飞机。那人怼他，疯子！书呆子都不配，书呆子封号得有一定的学历。

二叔修理茅坑，整出一块二十来斤重的石头，脏、臭。二叔把这块石头放在水龙头下冲洗，又扭了撮稻草刷了又刷。

是块卵石，如笋，饱满，有些糙，发暗。

二叔用绳子把卵石绑起，背上，徒步去"虎踞峡"。"虎踞峡"明日起售票入内，今日游人特多，都看二叔背上的石头。

二叔走到小溪边。挂着个小瀑布，瀑下一小潭，水流清浅，

被风吹走的影子

摊着大大小小的卵石。二叔蹲下，放下卵石，解开绳，端着卵石，涉溪中，把卵石植在水和滩的交界处，小半儿没水里，大半儿露水面之上。有顽童握长管水枪射击二叔的石笋，噗噗噗响。二叔站在近旁，咧嘴笑。

第二年的这个季节，二叔买票进入"虎踞峡"景区。小瀑布、水潭，水流清浅……二叔认得自己的石笋，觉着它不太糙了，也亮了些。有顽童握长管水枪射击二叔的石笋，噗噗噗响……

每年水浅，我都来看石笋。二叔和自己说。

二叔老了，水浅，仍来这里，拄着拐。二叔认得自己的石笋，它伏倒了，下移些位置。二叔扶起它。它似乎瘦了，但滑润，透出金黄色。有顽童握长管水枪射击二叔的石笋，噗噗噗响。二叔"三条腿"站在近旁，说：以前的顽童长大了，将人到中年。

后来，二叔再没出现在"虎踞峡"……二叔死了。不，是失踪。

二叔也许不会回来了。我整理二叔的书柜，发现赫伯特·乔治·威尔斯《时间机器》的扉页上爬着一条硕大的书虫。我与书虫对视，书虫的眼瞳里映着二叔的头像。

◀ 预知死亡

白水村姓水。水灵是白水村人。水灵这名字让人联想到眼睛水汪汪、腰身如柳枝袅袅的女子。有算命先生到白水村，见一蔫不拉几的男娃，问这娃叫啥名字？答叫水卯生。这男娃得起个水灵的名字，最好像女性，要不长不好。问，改个啥名呢？算命先生说，就叫水灵吧。

谁知水灵越长大越丑，一脸呆相，才五十岁已身子佝偻，头发斑秃，上下牙各剩一颗，还对不齐，也没镶牙。水灵爹（水灵娘早逝）想质问那算命先生，水灵咋长不好呢？算命先生终没有来，大抵年老故去了。村里有人宽慰水灵爹说，要不是算命先生给起名水灵，水灵怕是早不在世上了。水灵爹想想，也是。

村里小店。电视里正在播送当地新闻，副县长一行参观、指导某企业。水灵突然说，他要死了。小店里的人都一惊，谁要死了？水灵嘴巴一瘪一瘪说，他，那个白衬衫别在裤腰里的人。

他是水平，白水村人，副县长。水平每次回家乡都要给爹剪指甲，还和爹一个被窝子睡。白水村通公路、村道硬化、修建公园……都是水平的功劳。

你咋咒他死呢？再说，撕烂你的臭嘴！

水灵嘴巴又一瘪一瘪说，他要死了。

第二天播出新闻，水平坠楼身亡，公安局已介入调查。

一个月后，水灵又说，水旺财要死了。水旺财是白水村的首富，年轻着呐。而且村里搞建设，水旺财没少捐钱；每年老人节，都给村里的老年人发红包、礼品。咋能咒他死呢？

水旺财当面质问水灵，我要死了？

水灵嘴巴一瘪一瘪说，你要死了。

再说我死，我敲掉你那两颗牙。水旺财举起巴掌。

水灵竟然把嘴巴迎上去，打掉我牙齿，我还是说，你要死了。

纪委已掌握了水平贪污受贿、包养女人的问题。水平明知逃不过，畏罪自杀。恰被水灵的臭嘴撞上了。水旺财可不信邪。他放下举起的巴掌，捋了捋水灵的瘪嘴，一阵狂妄大笑，我水旺财不会死，我水旺财就要发大财啦！

三天后，水旺财投河自尽。原来水旺财倾尽家财投资某房地产，那老板跑路了。

全村人都战战兢兢，万一水灵说，村里某某某要死了呢？你掌他嘴，甚至揍死他也没用呀。这不是水灵的错，是水灵的预知呀。水灵六十岁前不具备预知死亡的功能，六十岁后……是哪位神仙附他体了？人们自然想起那个算命先生，水灵这名字果然起得好，水灵年岁越大越好了，成神仙了。

村人敬仰水灵，又惧怕水灵。都想讨好他。水灵爹也故去了，家里只剩水灵一个人。水灵也在自家的田地里种粮食、蔬菜，但他不懂得施肥、治虫，粮食和蔬菜种得败相。村人都说，水灵你甭种庄稼了，我们供你吃穿用。纷纷把粮食、蔬菜、新衣等送到水灵家。水灵统统不接收，依然种出败相的粮食和蔬菜，穿邋里邋遢的衣服。

村里的福祥公、莲香婆相继故去，可水灵没有说，他俩要死了呀。村人得出结论：凡自然死亡，水灵没说他（她）要死了；只有暴死，水灵才说他（她）要死了。

有一天，水灵说康南要死了。康南才四十多岁，好端端的又没生病，咋就要死了呢？康南倒是好心态，说水灵的话一向灵验，是祸逃不过，听天由命吧。不再上班，在家等候死亡。家人一刻不离陪着他，给他好吃的。半个月后，康南猝死。医生说是心梗。暴死必有隐情，或许犯了见不得人的事。康南至死没有透露，谜底带入康南的骨灰盒。

人必有一死。都知道。但知道自己大限的日子，多恐怖呀！明天和意外不知道哪个先来，生死随天意。这样的人生才神秘，才有奔头，倘一切皆可知，那这样的人间多可怕呀。

都想闭水灵的嘴。水灵，你就是知道谁要死了，你也不要说出来。

水灵说，我要说的。

你要说，大家揍死你。

揍死我，我也要说。

就想到谋杀水灵，可是由谁付诸实施呢？明摆着谁付诸实施谁就成了杀人犯，被判死刑。这种为了大家，牺牲自家犯不着呀！

水灵继续活着，闭不了嘴。水满要死了。水灵又说。

水满那夜喝醉了酒，路遇一个女子，猥亵她。那女子抗拒，水满失手把她掐死了。酒醒，水满自首，被判处极刑。

水灵突然改口说，水满不死了。

水灵咋说话不算数了呢？这还是第一次。

原来那夜水满一路跟踪那女子，企图猥亵她。突然想起水灵说的话，水满要死了。水满一激灵，酒醒了，扇了自己三巴掌，掐了犯罪的芽头。

水灵说，娄肃要死了。

娄肃半夜入室偷窃，突然想起水灵的话，撤了出来。原本被室主发现，娄肃从窗口逃出，一脚踩空，坠亡。

水灵说，娄肃要死的，不死了。

水灵说，红杏要死了。

红杏出轨，去往外省与网约男友见面。突然想起水灵的话，半途返回。原本红杏被网约男友奸杀。

水灵说，红杏要死的，不死了。

原来要死是可以变不死的。白水村人悟到了其中的奥秘。

十年一晃而过。水灵七十岁了，全村人给水灵贺大寿，请来剧团演"平安戏"。

水灵再没说，村里某某某要死了。

◀ 寻找麻雀的稻草人

　　水田起床走到院子里，蓦然一惊：院子里的稻草人，不见了。

　　没有了稻田，没有了麻雀，稻草人自然退出了历史舞台。水田怀念稻草人，好不容易高价买到了稻草 (还不是新割的稻草)，扎了个稻草人：和自己一样的身高，穿戴上自己的旧衣帽，腰里斜别着一杆长烟筒。稻草人就是水田。水田常和稻草人面对面坐下，吸着烟卷，和"自己"聊天，内容离不开稻田和麻雀。

　　昨夜，稻草人趁着月色，踏上了寻找麻雀的路。

　　稻草人首先去了水田伯伯买到稻草的地方。稻草人想：有稻草的地方就有稻田，有稻田就有麻雀，有麻雀就有稻草人的存在价值。稻草人到了目的地已是第二天清晨，稻草人找不到稻田，也找不到麻雀，只看见鳞次栉比的种菜大棚、养龙虾的田池和遍地金黄的油菜花……

　　稻草人就问身边的一位老农：你们这里不种植水稻吗？

　　嘘——现在谁还种水稻呢？不划算。种蔬菜、养龙虾才来钱。这遍地金黄的油菜花不光是招引蜜蜂的，更是吸引游客和那些拍影视的。老农笑盈盈说，我家还办起民宿呐，今晚要不要住宿我家？

你家里有麻雀吗？稻草人问。

老农说：一只麻雀也没有。

稻草人悻悻地离开了，不知不觉走到城里，天色向晚，还下着蒙蒙细雨。城中心一片废墟，像被掏空了内脏；周边孤零零地蹲着几间似倒非倒的老屋，许是不肯拆迁的"钉子户"。

稻草人遇见了废墟上的稻草人。

这里原有一栋祠堂，我主人曾经住在这里。那些岁月，我主人年年在厅堂里扎稻草人，可是后来，没稻田可种了，也就不用扎稻草人了，但祠堂里仍有麻雀在梁上筑巢。废墟上的稻草人说，是麻雀的叫声把我引到这里来的。

废墟上一只麻雀也没有，只有忙着串门的老鼠和几只流浪猫。

稻草人说：咱俩结伴去寻找麻雀吧。

这里即将造起高楼，我不想离开，我要留下来，直到破土动工。我的主人死了，是患癌症死的，我想念我的主人！按理现代医学越来越发达，可为什么癌症患者越来越多呢？是因为没有麻雀吗？废墟上的稻草人说，人类的建筑越来越高，越来越漂亮，身躯小小的麻雀们却失去了安身之所。它们去往何方？吃什么？住哪里？它们过得还好吗？

两个稻草人相拥而泣。最后，稻草人与废墟上的稻草人挥手告别，继续踏上寻找麻雀的征程。

稻草人找到一片树林——叶子上布满白斑，没有麻雀，甚至没有鸟声；又找到一处山林，只听到令它烦躁的铲车和挖掘机的轰鸣声。

稻草人继续前行。

稻草人没有看见麻雀，却看见了好多好多的稻草人——有神话里的神仙，有小说、戏曲里的人物，也有影视里儿童喜欢的卡通形象……它们的衣服色彩缤纷，脸上还化了妆，个个比自己漂亮。稻草人觉得自己不般配，准备悄然离开，可是被游人拽进了人圈里。

你才是最原始、最生态的稻草人！有人推介它。

游客们围上来，纷纷与稻草人合影、视频……稻草人看见影像里的自己面无表情、四肢僵硬，与他们格格不入。

一位村姑打扮、气质优雅的少妇走过来牵起稻草人的手说：谢谢您的光临！你们的使命不再是孤零零地守望稻田，驱赶麻雀，而是招引游客，让他们怀想昔日的时光……在"美丽乡村艺术节"中展现自己别样的风情和魅力……美丽少妇双手呈给它一本大红"聘请书"。

我是稻草人，我要寻找稻田，寻找麻雀。稻田是我生命的舞台，麻雀是我人生的搭档。我为麻雀生，也为麻雀亡。对不起！我不能留在这里。稻草人第一次说出这么漂亮的话语。

时光荏苒，稻草人一直行走在"寻找"的路上……

那夜，稻草人路过一个"水公园"，岸边耸立着露天屏幕，正播放中央七台的"农业频道"。屏幕里，水田伯伯戴着和它一样的帽子、穿着和它一样的衣服，腰里斜别着和它一样的长烟筒；

手掌卷成喇叭状，站在高坡上，对它呼唤——归来吧，稻草人，家乡又种上水稻啦！水田伯伯双眼满含泪水。

稻草人返回家乡，果然看见满田野金黄的水稻。

水田给稻草人的形象进行了微调——画上"月牙船"的嘴巴，右手作挥手招呼的姿势。

稻草人站在稻田里——这是家乡的稻田。

金黄的稻谷，沉甸甸的稻穗，成群结队的麻雀像褐色的雨点落下来……

◀ 爱情站在梯子上

上篇

祖父

祖父站在树上，随着一把一把稻草飞扬上来，祖父越站越高。

祖父是叠稻草蓬的高手，祖父叠的稻草蓬鼓圆圆、漂亮结实，从不会因漏雨烂心。

割了秋季稻就要叠稻草蓬，叠在地上，也叠在树上，作为垫猪圈做栏肥和耕牛过冬的饲料。

菊子握着长长的竹挑，让稻把飞扬起来。祖父退下竹挑头的稻把，叠在脚下。

还有俩妇女把散晒在地上的稻把聚拢到菊子的竹挑下，其中一个突然肚子疼，另一个扶着她回家了。

祖父扎好了稻草蓬的帽子，准备下来。菊子放下竹挑，把梯子倚在稻草蓬上，双手扶住梯子。祖父的一只脚没有踏实梯子的横档，整个身子滑溜了下来。菊子本能地抱住祖父，祖父趁势抱住菊子，没有松开。

夕阳已下了山梁，突然落下几个雨点，祖父利索地拖来好多的稻把，挨着稻草蓬，筑了间洞房……

菊子就成了祖母。

祖父的老婆病死了，留下一儿子；菊子的老公修渠被砸死，也留下一儿子。祖父的老婆几次托梦，让祖父娶了菊子；菊子的老公也几次托梦，让菊子嫁给祖父。可是祖父和菊子心里都犯嘀咕：本来就穷，又添一儿，雪上加霜，怕是连累了对方。

那天，队长故意安排祖父和菊子一起干叠稻草蓬的活。俩妇女闹肚子疼也是一场双簧戏。

也许屋子太挤，也许祖父祖母骨子里的浪漫，祖父祖母在夜幕的掩护下，在后来的若干年里仍去稻草蓬下，筑一个爱巢……

父亲

祖母对祖父说，父亲就是在稻草蓬下怀上的。

新垒的两间泥瓦屋先后给两个哥哥成了家。父亲仍居住在老屋里，床安在楼上，潮湿的楼下住的是祖父祖母。

父亲初中毕业后就出远门跟随师傅学钉秤手艺，父亲个头不高，钉秤行担重，吃了不少的苦。更难的是，父亲学不会行当里的鬼把戏，比如，秤杆不是正宗市场进的货，水分还没有真正地晾干，买家没用上几天，秤杆就会弯曲变形，如此以次充好，钉秤师傅就能赚到更多的钱；秤砣底下有个小孔，里面装进糊泥，样品确凿实心秤砣，可是买卖结束前还是被钉秤师傅神不知鬼不觉地掉了包。

父亲是个实诚人，做不了肮脏手脚，自然赚不到钱，所以若干年过去，仍然垒不起新的泥瓦屋，只能一直蜗居在老屋低矮的楼上。

菜叶看上父亲的英俊和实诚，可是因为父亲的"窝"，也就没能吃了秤砣铁了心。父亲不怪菜叶，没个窝，咋成家呢？那天，菜叶来父亲家。祖母心里乐开了花，急忙给菜叶煮鸡蛋酒吃。菜叶客气着不让祖母煮。父亲说，你就别阻挡了，我娘心里会难受的。吃了香甜的鸡蛋酒的菜叶上了楼……

祖母悄悄撤了两脚梯。菜叶哀求父亲让祖母放回梯子。祖母心里说，得罪了，我的好媳妇！梯子一直没有放回。

祖父大嗓门地对祖母说，走走走，咱俩去代销店听新闻去。祖父还把门关得山响。祖母乐颠颠地跟在祖父屁股后。

菜叶成了母亲。

儿子

父亲的夙愿儿子得以完成，儿子师范大学毕业后在县城中学任教。在边远山区支教的时候，儿子与香香相识，相知。香香在政府的扶贫捐助下完成了初中学历，回到老家枣树乡希望小学教书。香香漂亮、温和，对孩子们充满爱。香香渐渐走进他的心里，并满满地占据着他的心灵空间。可是娶了香香，就意味着他永远留在大山里。他的形象在香香的心里也很丰满，可是香香自觉配不上他，而且自己永远不会走出大山，这儿永远是她的根。所以两人只是默默地相互喜欢着，欣赏着，体贴着，关照着，并没有捅破那层薄薄的纸。

阿望是香香班里的学生，在爬上自家院子的枣树，采摘枣子准备送给香香老师的时候，不慎摔了下来，跌伤了脚。香香和他买了礼物去看望阿望，顺便辅导阿望落下的课业。阿望家离学校要走半小时坑坑洼洼、曲曲拐拐的山路。

阿望的父母出外打工，家里只有一个弯着脊梁的老奶奶。老奶奶刻满皱纹的脸盘笑成向日葵，端出撒着红糖的糍粑款待老师。香香和他，嘴上都沾满红糖。屋里的笑声四面飘散。

阿望让他搬来一架梯子，倚在枣树上。他站在枣树的树杈上。阿望又要过香香老师的手机，又让香香老师登上梯子。

香香和他站在枣树的树杈上。

阿望用手机拍照，还指挥香香老师和他一起绽放甜美的笑容，并用臂弯搭出一个漂亮的心形。

香香成了儿媳妇。

下篇

被祖母撤了梯子

红墨在上篇中描述，菜叶看上"父亲"的英俊和实诚，但"父亲"家太穷了——只有一间泥瓦屋，"父亲"住在木板楼上，伸手就能摸到椽条；楼下是祖父、祖母的住房兼灶屋。所以当时的菜叶没有对"父亲"吃了秤砣铁了心。那夜真是鬼使神差，菜叶上楼，进了"父亲"的窝巢。被祖母及时撤了梯子。

菜叶哀求祖母放回梯子。祖母哪肯听她，与祖父去村代销店听新闻去了。关门，挂上"铁将军"。祖母就在村代销店"吹喇叭"。吹啥喇叭？菜叶上楼和我儿子宿夜了。

"嘻——这么正经的菜叶，还没定亲，就在男方家宿夜了？"代销店里的人都质疑。

有好事者就跑去"父亲"的楼下。有的说，啥也没看见、没听见。有的说，没看见，但确凿听见了菜叶和"父亲"的说话声。

有的则嬉皮笑脸说，只听见楼上的床咯吱咯吱响。

那夜菜叶和"父亲"做了什么，红墨也不知道。反正不久，菜叶就和"父亲"定了亲，嫁给了"父亲"。第二年生下了大女儿——伊伊。

伊伊长到十七岁时，好奇地问父亲："爸，就是那夜怀上我？"父亲的嘴巴比秤砣还严实。

伊伊就问母亲。

"疯丫头！"菜叶用指尖戳伊伊的脑门，"我和你爸，没有。"伊伊不信。

菜叶说那年月，哪像现在？

伊伊说："我都长这么大了，瞒啥？又不是龌龊事。"

菜叶就说起了那晚——

……我被你奶奶"隔离"在楼上。我只能和你爸有一搭没一搭地聊话，我说三句，你爸答一个字。当然那时你奶奶还不是你奶奶，你爸也还不是你爸。

伊伊插话："我还真不知道，那时的我在哪里。"

夜，越来越深，你奶奶、爷爷一直没回。后来你爸找了根麻绳捆在我腰上，说："你滑下楼，我拽住绳子。"我看着你爸笑，说："你要摔死我？"

你爸就挠后脑勺。

透过瓦背上的玻璃天窗，我看见了一轮圆月。我让你爸拉熄电灯。

楼上洒满月光。

我仰望天窗，说："要是月亮垂下一架秋千就好了。"

"哪能？"你爸看着天窗的月亮憨笑。

月亮走了。我让你爸拉亮电灯。你爸让我睡他的床上，他自己睡楼板。只有一床被子。我拉起你爸睡到床上。我和衣倚坐在床的这头，盖上被子一角；你爸和衣横卧床的那头，盖着被子的一边儿。才一会儿，你爸响起均匀的鼾声……

"我爸真笨，咋不像我奶奶呢？"伊伊怪怨。

摇晃的竹梯

时光荏苒，伊伊二十五岁了，心里装着两个小伙子——阿树和阿波。

阿树和伊伊同村。伊伊家新建了一栋四层楼砖瓦房，阿树家前几年建了三层楼砖瓦房，比伊伊家少一层，还旧。阿树不住村里，与父母一家三口住在癫痫山上。阿树农大毕业后贷款承包了水库和癫痫山，养鱼，植果树，搭大棚种蔬菜、做苗圃；还筑了三间简易的泥巴竹篱屋，屋前围了篱笆墙，墙内绿植葱郁，倒是蛮诗意的。阿树说"要把癫痫山变成花果山"。嫁给阿树等于嫁给了癫痫山，花果山似乎很遥远。

那天伊伊上了癫痫山，"阿树阿树"的叫。只闻阿树的应答，不见阿树的人形。

原来阿树隐在泥巴竹篱屋后一棵柚子树的枝叶里。

墙上靠着一架竹梯。伊伊搬过竹梯，攀上柚子树。

登到第五六根横档，伊伊惊叫。

阿树看见伊伊整个身体俯贴在竹梯上，双手紧握两边的长竿，双腿打颤。伊伊仰头，双眼紧闭，笑着，娇声说："竹梯摇晃。"

"伊伊，你慢慢下去，不要上来。"阿树说，"竹梯没摇晃。"

"竹梯是摇晃。"伊伊说，"我不敢下去。"

"竹梯挺壮实，咋会摇晃呢？"阿树倒是怕竹梯打滑，俯首弯腰双手扶在竹梯端头。"伊伊，你慢慢踩，不要踩空，小心点儿。"

"我是怕踩空。我是得小心点儿。"伊伊心里嘀咕，不知道自己怎么回到地面。

竹梯摇晃。柚子树摇晃。眼前的阿树摇晃。伊伊晕乎乎的。

电梯会不会掉下去

月朦胧。伊伊去阿波家。

阿波是伊伊的高中同学，贸易职校毕业后，跟随父亲做生意。阿波家是七层楼粉墙黛瓦，还安装了电梯。阿波住顶层。阿波说，站在天台上，他能摘下星星。阿波还说，只要和他定亲，立马给伊伊定购一台"迷你"宝马。

伊伊知道今夜阿波在家，但没有先打电话给他，制造一个惊喜。进了阿波家的电梯，只她一人。电梯升至五楼，卡住了，也不上升也没下坠，电梯门也打不开（也不敢打开）。电梯会不会"嗖——"地掉下去呢？伊伊越想越怕，慌乱地拨打手机，喊："我被困住了，快快救我！"

"伊伊，你在哪？被啥困住了……"

接电话的竟是阿树。

伊伊再也不敢进阿波家的电梯门。

◀ 轮胎滚动

街道

一个黑影在斜坡上滚动。黑影越来越大，竟是汽车轮胎，还装着轮毂。轮胎扭着腰肢，摇摇晃晃，似要翻倒，又站直身子继续前行。滚到路边，穿过道旁树，险些滚落水沟，又身子一扭回到路中央。突然翻倒，在路面上晃晃荡荡，静止，似歇口气儿。又摇晃着缓缓站起，滚动，向前。似表演滑稽的杂技。

轮胎滚到街道，人们惊呼，纷纷逃避，街面上一片狼藉。这只轮胎非常壮实，足有一米高，估计重量不少于六十公斤，何况还是动态的轮胎，若是被撞上可不是玩的。这应该是卡车的轮胎，可这只卡车的轮胎怎么会掉落呢，哪辆卡车掉落的，怎么会滚到街道上来？幸亏不是矿山运输的轮胎，据说这种轮胎高达四五米，重五六吨。碾死人如碾死一只蚂蚁。

轮胎滚动。一个手提竹篮子的老太婆在街道中央晃晃悠悠地跑，也不逃到街边去，大概已经慌神。轮胎居然绕过老太婆，继续向前。街道中央一个小女孩摔倒，哇哇地哭。轮胎腾起，跳过小女孩。人们惊得拍自己狂跳的胸口，原来这只轮胎挺乖的，它不碾死人。一辆行驶的宝马车无法避开迎面的轮胎，喇叭急促地叫。宝马车突然提速，司机错把油门当刹车踩了，与轮胎相撞。速度加速度，发出一声沉闷的、惊恐的巨响。车厢里甩出一个时髦女子，在空中翻了个筋斗，重重地落地，七窍流血。轮胎继续滚动向前……

宾馆

张浪在江畔散步。手机响，是"嘴唇花"。想我了？张浪浪浪地说。"嘴唇花"说，屋钥匙我拿到了，谢谢你送我一个"金屋"！今晚我要犒劳犒劳你。张浪说，可别把我烤焦了。"嘴唇花"说，我就要把你烤焦，把你熔化了。张浪说，你的"火力"我又不是没领教过？然后两人约定今晚"烤火"的宾馆。

回到家。张浪对妻子说，他要出差，马上就走。妻子说，你先洗个澡。张浪问，为啥？妻子说，你身上有股难闻的味。张浪往身上嗅嗅，似没有难闻的味，但还是进了卫生间。待张浪冲洗后出来，妻子已为他装好了行李箱。张浪提行李箱欲走。妻子说，抱抱。张开双臂。今天咋反常呢？张浪还是放下行李箱抱抱妻子。妻子紧抱住不松开。咋了？像永别似的。妻子抬头。张浪就看见她的泪滴。果然像永别似的。张浪开门出发。妻子肃穆地立在门口向张浪挥手。真永别似的。

到了与"嘴唇花"约会的宾馆，张浪打开行李箱，除了换洗衣服、剃须刀、充电器等，居然还有一盒安全套。咋了？自己与"嘴唇花"的事被妻子知道了？宾馆里有安全套供应呀，再说我和"嘴唇花"从不用安全套。张浪把安全套扔进卫生间垃圾桶，又扯卫生纸遮盖。

"嘴唇花"一身"缤纷"与"芳香"，匆匆赶到与张浪约会的宾馆。刚从一楼大堂的感应玻璃门进入，身后一个黑乎乎的家伙，撞破玻璃门，从她身上碾过。"嘴唇花"尚没看清此为何物，就昏厥过去。

张浪接到"嘴唇花"电话，她已到宾馆门口。张浪从房间下来，见一楼大堂里乱哄哄的。地上还躺着一个"缤纷"女子，却不再"芳香"——像"嘴唇花"。还没弄明白是咋回事，一只轮胎碾向他……

张浪被碾死。大堂里还有一个"啤酒肚"男人被轮胎裂开"啤酒肚"。"嘴唇花"还算幸运，只是碾坏了子宫，丧失了孕育功能。子宫成了"止"宫。

轮胎在宾馆一楼大堂滚动了几圈，出来。仿佛要去履行新的使命……

2路车

2路车从东站开往西站。

途中上来一个妇女，约莫五十岁，也可能才四十岁显老了，谁晓得呢？她应该长得不难看，但脸色有些苍白，眼圈发黑，穿着一看就是地摊货。

2路车行驶到桥上。她喊叫，师傅，咋不停车？司机解释说，我不是提醒过吗？前方施工，停靠站暂时封闭，要过大桥才能停。我要下车，快停车！她的嗓音带着哭腔，歇斯底里地捶着车门。

每天四点半，她准时起床，给一家子备好早餐，安顿好女儿上学，再给瘫痪的丈夫擦洗，按摩……然后心急火燎地赶2路车。

明天再迟到，开除你！经理颇不耐烦了。她点点头。

小区里已万家灯火，她拖着几乎散架的身体回家，又被那鳏夫堵住了。她说，发了工资，就还你。鳏夫说，你还得了吗？我不要你还钱。她警告鳏夫，老娘不卖身！钱我会还你。

司机不停车，当然也不会按开车门的按钮。妇女就继续捶着车门。今天一大早，妻子又与司机争吵。临出门又骂了丈夫一句，废物！丈夫回了一句，神经病！

神经病！司机脱口而出。

你们男人都是废物！原来妇女已冲到司机旁，一边骂一边夺司机的方向盘。司机一边推妇女一边扳这个"生命盘"。2路车猛拐向右侧，眼看着要冲向大江。轮胎神奇出现，没有碰撞，居然抵在车头，逼停了2路车。

◀ 置换人生

张山背着行囊坐在田埂上。李厮停了耕犁，从田里走出来。"小白"屈腿伏在田里歇息。

你，就要死了，后悔吗？李厮从腰间抽出别着的烟筒，装上旱烟，又摸出衣兜里的打火机，点燃。

不后悔，这辈子活得潇洒，值了！张山说，你呢？李厮，一辈子辛辛苦苦，不后悔？

李厮吸了一口烟，吐出白雾，说，有啥后悔的？能活到耄耋之年！

"小白"朝着张山和李厮哞——叫一声，似在说，我也不后悔，能活到二十多年。

回到上辈子——

李厮背着行囊，走进山间，走上梯田，坐在田埂上。他看着一位老人来回犁田。老人身材很高，背不驼，精壮的瘦；像被犁过的脸上泛着太阳色的光芒。

坐在田埂上的胖子中年男人看自己犁田好久了。老人停了犁，从田里走出来，上了田埂。"老黄"——这头老黄牛叫老黄——

屈腿伏在田里歇息。

李厮站起来，从上衣口袋里摸出一盒烟，抽出一支递给老人。老人晃晃烟袋，说，还是这个过瘾。李厮说，这是"和天下"香烟，要一百元一盒。老人说，这倒要抽一支，要十元一支哩。还拿过"和天下"烟盒翻来覆去看。李厮说，整盒送给你。老人说，你自己不抽了？李厮说以前抽得凶，戒了，出门衣袋里放盒烟。老人点着"和天下"烟，深吸一口，呵呵说，也不咋过瘾。就把整盒"和天下"烟还给胖子中年男人。李厮推挡了几下，只能把"和天下"烟装回上衣口袋。

老伯今年高寿？李厮问。

啥叫高寿？老人听不懂。

就是您今年几岁了？

虚岁 86 了。老人呵呵笑。

李厮说，看不出来，76 差不多。

老人又呵呵笑，老啰——不中用啰——比不上你们年轻人。

李厮说，我虚岁 56，比您少 30 岁。可是……

老人说，我叫张山。

李厮说，我叫您张大伯。

还大伯，叫阿公啰。张山爽朗地笑。

两人坐在田埂上聊起来。

李厮说，我父亲原是一家国企的副厂长，企业不景气后，我父亲辞职开办自己的公司。公司越做越大，到 2000 年资产已过亿。我 35 岁接管了父亲的公司，无需经历创业的艰辛。我没有辜负父亲的期望，去年我公司成为上市公司。我住高档小区，开豪车，穿名牌，天上飞的、地上跑的、水里游的动物啥没尝过？物质上的相对容易满足，钱只是一个符号而已。男人最大的成就感在于征服多少女人！我真数不清有多少年轻貌美的女人和我上过床。我从没有强迫、诱骗她们，都是她们自愿、主动、乐意的。发大财，可以征服更多的女人；征服更多的女人，必须赚更多的钱。这是最刺激，也是最华丽的循环。我妻子高学历，有能力，也很靓丽，可出色的男人一辈子怎么能只有一个女人呢？那还配"出色"吗？我的两个孩子都出类拔萃，女儿是博士，儿子是博士后。现在我把公司交给了儿子……可是我患了不治之症，再多的钱都救不了我。这是上苍对我的惩罚，我不得不向命运低头。我已放弃了治疗……我一个人到大山里走走，随时告别人间……

张山敲掉一锅烟，再装上一锅，说，我的命忒苦，3岁没了娘，8岁没了爹，成了孤儿。我才上过半年学，8岁成了放牛娃。22岁我和村里的小竹相好，小竹19岁。可小竹被爹娘逼迫"牵牛亲"嫁给了别的男人。我懂小竹爹娘的心，小竹的大哥30岁了还讨不进老婆。可怜小竹嫁过去才7天就跳塘自杀了……张山撩衣襟抹眼泪，接着说，我32岁才讨了老婆。我这辈子没走出过大山，连县城都没去过。我村子去县城有80里，要翻过几个山头。现在有了盘山公路，通了汽车，可我坐车就晕车，吐得差点肠子都出来。我有俩儿子俩女儿，都没有考上大学。俩女儿都嫁普通家庭，门当户么对。俩儿子出外打工，赚点辛苦钱。我老伴前年去了"地下"，这辈子我就这一个老婆。我和小竹也没那个，那年月不像现在……我比不得你出息。

李斯说，可是你远比我长寿。

张山说，我孙子好像说过，人生命的价格高低不是寿命的长短，是有没有出息。

李斯轻叹，要是咱俩调换活法……

张山呵呵，要是能调换，我倒想试试。

噜噜噜，能调换。田埂上踱来一头白毛猪，我小白每天吃了睡，睡了吃，可一二年就要挨刀子。远比不过老黄长寿呀！

田里的"老黄"站起来，对"小白"哞——一声，我老黄虽能活到二三十年，可一辈子累到死呀！远不如小白活得休闲。

"小白"说，咱俩调换试试？

"老黄"说，同意！

下辈子——

李斯活成了张山，张山活成了李斯。

"小白"换成了"老黄"，"老黄"换成了"小白"。

"老黄"早挨了刀子，"小白"还将继续活下去……

◂ 虫

....

　　红墨是笔名，原名洪黑土。"洪""红"同音，"黑土"上下一叠，成了"墨"。一个黑不溜秋、土不拉几的名字陡然注入文化圣水，就像猪八戒变化的又丑又胖的小姑娘被孙悟空吹一口气变俊俏了。洪黑土咋有笔名呢？他写诗呀。可红墨只在本地县报、内刊、须买版面的杂志上发表过几首小诗或者组诗。红墨的名字外面不响，在他自己的肚子里却当当当声若洪钟。

　　为了生存，红墨也四处做散工，但往往三天打鱼两天晒网。当然不是晒网，是写诗。红墨仍居住在祖上留下的"五间头"老屋里，另两间正房和半个轩间是另一户人家的。"五间头"青砖黑瓦，建了有上百年，只一截河卵石铺的"肠道"出入。另一户人家早已乔迁村口大道边上红砖黄瓦的高楼。

　　红墨也在自留地种庄稼。"采菊东篱下，悠然见南山。"红墨抬头吟诵，当然不是见南山，而是见北山；也非采菊，而是摘黄花菜。红墨也相过几回亲，三句话里就掺和一句诗。人家姑娘不夸赞红墨有诗情，反嘲笑他神经质。38岁的红墨仍孤身寡男蜗居在"五间头"老屋。

"卑鄙是卑鄙者的通行证，高尚是高尚者的墓志铭。"红墨的追求是诗和远方，咋能和姑娘一般见识呢？

创作完一组诗已是大半夜。红墨进简陋的卫生间冲了澡，上床睡觉，进入梦乡。一条玉臂摩挲他的脸。红墨嘻嘻地笑。突然醒，拉亮电灯。一只硕鼠簌地跳落床下，朝着红墨挤眉弄眼。红墨驱赶，它簌地逃跑；红墨止，它又回来，朝着他挤眉弄眼。红墨一路追逐，硕鼠钻进靠墙的一个旧柜子。旧柜子的侧壁有一个洞。红墨翻腾旧柜子，里面没有硕鼠，旧柜子的底板有个洞。红墨挪开旧柜子，地面有个洞穴。找了根棍子往洞穴里杵，硕鼠不出来，红墨守候在洞口边。硕鼠探出头，又缩进去。红墨烧了壶热水往里浇灌，仍不见硕鼠逃出。一定烫死在洞穴内，红墨安心上床，刚熄灯，硕鼠又在床前叽叽叫。红墨下床，亲眼见硕鼠钻进地面洞穴。拿铁镐挖地，撬开一块大青石，见有一只木箱，打开木箱，有一包裹，层层打开，是一本发黄的厚厚的书籍，用毛笔蝇头小楷书写。红墨阅读书籍上的文字——

……老爷看上了丫鬟，丫鬟瞄上了老爷。老爷说丫鬟漂亮，丫鬟说老爷有钱。丫鬟却先天不孕，老爷倒没有嫌弃她，更没有休她，临死前交给她一张藏宝图……

红墨细看藏宝图，宝贝藏在天井的水井里。水井在天井的正中，井口被蓬蓬的蒿草遮掩。红墨嘴巴咬着手电筒，下井。井水不溢不浅，一年四季保持着同一个水平面，冬暖夏凉，有自来水前是一口好井，甚至是神井。红墨按图索骥起开井壁上方（从不浸水）的几块卵石，捧出一只铜箱子。铜箱子严丝合缝，好不容易才打开，一箱金子。红墨可以在乡下造别墅、去城里买套房、娶妻生子……但红墨只取少许金子，其它的放回。他要慢慢消费这些金子，一来怕别人怀疑自己发了不义之财；二来这水井在天井的正中，另一家也有份，不能自己独吞。红墨暗暗过着富足的生活。

红墨又打开木箱，翻开书籍继续阅读……写了另外一个故事，大概有20多万字，是一部长篇小说——人物关系纠缠，情节悬念迭起，结局超乎想象。红墨豁然：作者续上红墨。这不是窃取吗？天知地知红墨知。红墨闭门锁户、夜以继日，把它打成电子稿投给某大刊，结果轰动小说界。

"红墨终于爆发了！"

"红墨，你应该早转向小说创作了。"

红墨皆谦逊地点头微笑。

有名导又买断这部长篇小说的版权，先后改编成电影、电视剧、舞台剧，结果票房、收视率嗖嗖嗖一路飙升。红墨几乎一夜爆红，名利双收！某过气明星嫁给了红墨。明星妻子居住都市，自然要红墨进城同住。红墨想影视圈夫妻关系极端不靠谱，一会儿结婚一会儿离婚，一会儿又结婚一会儿又离婚，谁能保证与她白头偕老？必须留一手，再说老屋也许还有更多的惊喜。所以红墨仍然低调长居老家"五间头"，一星期去一趟都市与明星妻子相会，或者动车或者飞机。

"高尚是高尚者的通行证，卑鄙是卑鄙者的墓志铭。"红墨改写了诗句。

红墨又挪开靠墙的旧柜子，从地下挖出木箱，想阅读后面的文字，竟翻到最后一页。

上写：2018 年 8 月 18 日零时 18 分 8 秒，红墨突然头痛欲裂。急送医院。立即手术，颅内取出一条虫子——长 8 厘米、直径 8 毫米，通体透明，金灿灿发亮。

红墨看了下手机屏：00:13。

还有 5 分钟。

◀ 爆诗花

不知何时起，白甫居迷上了诗歌。"白甫居"是他自起的蜗居名，仅40余平米，还是爷爷留给他的。"白甫居"没有客厅，自然没有沙发，书橱、桌子、床头、阳台、厨房、卫生间都摆着中外古今诗集。

白甫居说：庸俗生活的房子必须有诗歌的窗棂装饰。

白甫居也写诗，但投邮箱皆石沉大海。

有微信名叫"老宝"的向他约稿，但须付费发表，付多少费，发多少版页。白甫居回复：你们刊物是卖身的、你是"诗老鸨"，我白甫居不是嫖诗客。

有同学是企业报执行主编，要给白甫居发表诗歌。

白甫居惊喜：老同学喜欢我的诗？

老同学直言：一是卖个老同学的人情，不是"卖"，还发你稿费；二是作为老同学，我同情你。

谢谢老同学的好意！白甫居也直言，喜欢我的诗，再发表我的诗。

白甫居仍单身。姑娘们都说白甫居心地纯洁、精神崇高，是当今难觅的佳男。又说可我们不能嫁给穷光蛋呀！等你成名拿了诺贝尔诗歌奖,我们已是"白头宫女在,闲坐说玄宗"了。

白甫居呵呵一乐:采菊东篱下,悠然见南山。

白甫居是穷,买得起米,买不起菜是常事。他就念诗下到热锅里,总共念了三首诗,煎炒烹炸。再泡一碗腌菜汤。白甫居说:一荤二素,"三菜一汤"够奢侈了,再多也是浪费。

老街有位老师傅爆米花。都是邻居自家拿来玉米粒、豆子等,白甫居却拿来一本诗集爆米花。

老师傅狐疑地望着白甫居。

白甫居微笑:您试试。

老师傅把爆米机的黑肚子竖起,旋开盖。白甫居把诗集卷成筒状,对准黑肚子的口,手抖抖,铃铃啷啷,似有豆子或玉米粒落尽黑肚子里;又手抖抖,又铃铃啷啷……

差不多了。白甫居还是微笑。

老师傅旋上盖,横下黑肚子。白甫居帮着添炉火。老师傅转起黑肚子,又听见"铃铃啷啷"响……老师傅看看火表,罩上铁丝笼,一脚踩在黑肚子上,手一扳,一声爆响、一股白烟,黑肚子里炸出一锅香喷喷的黑豆子花。

这叫"爆诗花"。白甫居手捧香脆的"爆诗花"分享给围观者,说,大家都尝尝,都尝尝!

一个满口镶牙的老太婆吃了"爆诗花",看着白甫居,嘴唇蠕动着,似很难发音的样子。

白甫居问:阿婆,您想说啥?

锄禾日当午,汗滴禾下土。老太婆念出的是一句诗。老太婆并不识字。

◀ 被风吹走的影子

女人坐在候车室的角落里，四十岁上下，风韵犹存，但脸上写着沧桑。女人一直埋头看书，看得很慢，半天才翻过一页；翻过几页，又回翻慢慢地看。大抵女人一辈子也读不完这本书。

检票口一拨又一拨旅客排队，有些机械性。班车把一些旅客倒出来，又把另一些旅客装进去；匆匆地停靠，匆匆地开走。

女人一进来就坐在那，从没站起身，也从没有抬头看班车开出的时间和开往的地点。女人是旅客，也许不是旅客。

男人坐到女子的邻座，"美女，去哪？"男人年近半百。

"不去哪。"女人头也不抬。

男人稍显尴尬，"美女，你是哪的？"

"我没哪的。"女人答。

男人站起来，挪了挪拉杆箱，"帮我照看下。"

"是我的吗？"女人似乎瞥了一眼拉杆箱。

男人笑笑，"是我的。"

"不一定。"女人的视线仍被书钓着。

男人不答话，自顾离开，一会儿又回来，手里拿着一只汉堡和一瓶橙汁。女人闻到香味，抬头，舌头舔了下嘴唇。"饿了吧？"男人递给她汉堡。女人伸出手又缩回，"不会给我下迷药吧？"男人指了指小卖部，"那儿买的，我也没有检测。"

女人对男人一浅笑，抢过汉堡填进嘴里。噎着了。"慢点儿吃。"男人递给她橙汁。

"为啥给我买吃的？"女人的嘴角粘着汉堡屑。

"你饿了。"

"饿了，你就给别人送吃的？天下好多人饿了……"女人的指尖戳戳心脏，手掌拍拍肚子，"这儿，还有这儿，都饿了。"

男人愣了片刻，点点头，"我能送你回家吗？"

"回家？你又不知道我的家在哪。"女人说。

"你走前，我走后，不就知道了？"男人说。

"这倒也是。"女人说，"可我没有家，或者我不知道自己的家在哪里。"

男人愣了片刻，邀请她，"那暂且去我家吧，我一个人……"

"我凭啥去你家？"女人的声音提高了分贝，"你对我图谋不轨。"

旁边一旅客插嘴，"他是图谋不轨。"

"你才图谋不轨呢。"女人说。

"呵呵，我对你图谋啥不轨？"那旅客是女性。

男人拉起拉杆箱，离去。女人追上来，按住拉杆箱，"别人的家也比没家强，我去你家。"心里说：耍啥把戏？老娘见的多了……

女人合了书，要放进了随身包包。

"是啥书？我看你坐这里看了一整天了。"男人说。

"我也不知道是啥书，没有封面。"女人合上书给男人一瞥。

果然没有封面，前几页也撕没了。

女人又说，"你也看不懂。"

"兴许我看得懂。"男人说。

女人不管男人看得懂看不懂，把书塞进包包。

女人跟随男人走。出了车站，已夜幕降临。斑斓的灯光闪闪烁烁。女子脚下一绊，身子踉跄，一瘸一拐。

"还能走吗？"男人欲搀扶女人。

"这灯光晃眼睛。"女子摆脱男人，"我又不是寄生虫？"又哼了一句《心太软》的歌词"把所有问题都自己扛"。

到了男人居住的小区。入口没设岗亭，小区内荒草丛生，垃圾遍地。一只老鼠跳上女人的脚背，女人尖叫一声，甩了一脚。几盏零落的路灯垂头丧气。路遇几个人样的鬼影。

男人开了好久的锁。"我有半年，一年，也许三年没回家了。这锁上锈了。"男人说。

女人责怪，"一个不顾家的男人。"

门被打开。男人开灯。女人进屋。

"你先泡个澡，我去烧开水。"男人从衣橱里拿出一套男式运动服，嗅了嗅，"我家里没有女装。"随即四处寻找。

"找啥？"

"电熨斗。"男人说，"去霉气。"

"我没那么讲究。"女人抓起男式运动服进卫生间。

女人穿着男式运动服出来，走向卧室，"来吧，你们不是爱玩这游戏吗？"

男人似乎没有听见，或者没有听清，用热水烫杯子，招呼女人，"来，喝杯热茶。茶叶发霉了，喝杯白开水。"

女人也似乎没有听见，或者没有听清男人的话，进入卧室。灯亮，女人惊异。女人看见右床头柜上的台灯——灯柱断成两截。女人怎能忘记这盏肢残的台灯呢？女人捏在手掌里的小剪刀悄然滑落。

女人走出卧室，面对男人，"你是红墨。"

红墨端着杯热开水，递与女人，"你是……"

"我是阿影。"

阿影从包包里拿出书，递给红墨。红墨打开书，翻阅，那是红墨写的一部长篇小说，题目叫《被风吹走的影子》。

诱杀红墨

最了解红墨的人是我。

红墨是小说家，自封的，市作协都没加入。

之前在纸箱厂上班，因为走神，被切断了右手食指，成了"九指红墨"。幸亏被切断的是右手食指。红墨左手执笔。为啥走神？构思小说哩。后来到相对安全的厂子里上班，红墨会突然跑离自己的岗位，哪怕是在"流水线"上。干嘛去了？灵感突袭，躲到厂房后写小说去了。也做过保安。值夜班，饿了，煮方便面吃。突然文思泉涌，唰唰唰写起小说来。方便面烤焦了，水烧干了，电线短路了，电磁炉、桌子烧着了，浓烟滚滚，他还在唰唰唰。幸亏一小偷把昏迷的红墨背出来，演了一出《小偷救保安》的小品。

红墨到偏远的鹅场干活，交通工具是电瓶车，一边骑一边构思小说，把鹅场抛到九霄云外，竟骑到半山腰一座破败的亭子。恰逢急雨，红墨躲进亭子写起小说。电瓶车后备箱里时刻备着纸和笔。天黑看不见写字，忽然记起今天是去鹅场干活的，中饭也没吃，肚子饿得慌。正写完"雨夜惊魂"的章节，猛抬头见白墙上用木炭画着一个畸形怪状、面目狰狞，类似钟馗的鬼神。红墨对画像连连作揖，急匆匆收拾纸、笔，骑着电瓶车匆匆下山。阴翳的林子里传出猫头鹰鬼叫般的声音，红墨摁响电瓶车沙哑的破喇叭给自己壮胆……

有同学可怜红墨无工可招，让他到自己办的公司写文案。红墨不屑一顾："写文案会糟蹋我的小说笔法。"

红墨完全"失业"，一部长篇小说正在他的脑海里摇曳缤纷。红墨干脆闭门不出，在一楼角落的储物间，闩上门，没日没夜地开始完成这项浩瀚的工程。亲戚朋友来访，他也不出来接见。

一个当家人，天天无分文收入，这种日子如何过？红墨有老婆和儿子呀。

老婆叫银雀。当年同村的李闯热追银雀。李闯猴模狗样，打架、盗窃、赌博，少年时偷窥过女厕所。漂亮、纯情的银雀咋会嫁给李闯呢？红墨长相英俊、性情温和，不抽烟、不喝酒、不打牌，写作是多么高尚的爱好呀！银雀嫁给了红墨。别人家都造起了四五层的幢房，红墨一家仍住在才建了二层的"烂尾屋"里；别人家都是四个轮子的汽车虎虎生风地奔跑，红墨夫妻俩只有一辆老态龙钟的电瓶车轮流骑……

"这日子没法过了！"银雀搂着儿子哭哭啼啼。

红墨就和风细雨对老婆讲曹雪芹和《红楼梦》、蒲松龄和《聊斋志异》、卡夫卡和《变形记》、梵高和《向日葵》的故事。然后眺望夕阳，绽放笑容："银雀安知红墨之志哉！红墨逝后，一定名利双收！我老婆和儿子以我为荣……"

"我就要这辈子住进四五层的幢房！我就要我的儿子读上好

学校！"银雀歇斯底里。

红墨嘟囔："目光短浅！"

我不止一次劝过红墨，先为五斗米，然后诗与远方。红墨总是嘲讽我：燕雀安知鸿鹄之志哉！

长篇小说"杀青"。红墨抱着砖头厚的书稿，来到市作协杂志社，请求连载，攒点名声，能给老婆以某种证明。女主编气质优雅，给红墨泡茶，说："红墨先生，你把自认为最精彩的章节打成电子稿发我。我只能选载一个章节，2至3万字，不可能全书连载，有40多万字呢。""谢。"红墨好像吐出一个字，不喝茶，抱回书稿，走人。

自费出书！费用不少于3万。卖血也要出书！红墨思忖了三昼夜。

银雀一气之下把红墨砖头厚的长篇小说书稿付之一炬。红墨一直手写，不用电脑打字，万一电脑死机，所有的文字石沉大海，如何打捞？这可是无价之宝呀！

红墨失去理智殴打银雀，痛打毁灭自己终身夙愿的仇敌，或者把所有的积愤宣泄在某个物体上。银雀出院后与红墨离了婚，带走儿子，嫁给李闯。李闯不知发了甚么财，在村里造了别墅，在城里买了套房，开上宝马，休了原配。

红墨发誓血刃李闯，还扬言要毁容女主编。明天立即行动！最"安全"的人却是最危险。今夜，我约红墨在他家屋顶喝酒。素来滴酒不沾的红墨被我灌得醉醺醺的。皓月当空、北斗低垂。我指着北斗七星的斗说："红墨，那是个浴盆，你泡个澡回来就是文曲星下凡，名声、金钱、情爱，都将围绕着你！”

红墨双眼迷离，北斗七星灿烂的光柱延伸向他，像一条笔直、缓缓上升的天路。红墨摇摇晃晃地才上路，就坠落屋后的铁轨。恰一辆火车轰隆碾过……

红墨"卧轨自杀"了。却没有人报案（包括他前妻和儿子），也未被警方发现。我也没有投案自首。

因为我也是红墨，我把另一个红墨诱杀了。

我要告诉大家的是，银雀并没有嫁给李闯，她仍是我老婆。

◀ 错搭神经

　　张二心血来潮去医院检查身体，一查，癌细胞系数偏高。医生对张二说，癌指标偏高不一定有癌症，但必须重视，做全面的详细的检查，早发现，早治疗，当然没有癌症更好。医生建议张二去高一级医院查一查。张二就去了肿瘤专科医院。

　　癌指标偏高不一定有癌症，但有癌症一定癌指标偏高。肿瘤专科医生说，立即进行肿瘤影像学筛查——胃肠镜、胸腹部、乳腺彩超、宫腔镜……张二插话，医生，我是男性，不用查子宫。医生说你病历上写着男性就是男性？凡剃光头的都是男性？凡不长胡子的都是女性？我哪知道你到底是男性或者女性？我又没亲眼见过你的裸体？见过裸体也不能武断你就是男性或者女性呀，但机器能断定。要相信科学！不要科学，要我们医生干嘛？张二不由想起"阴阳人"，觉得医生说的都在理。

　　检查结果张二没有子宫，也就用不上宫腔镜，但查出是早期肺癌。张二不相信，我从不吸烟，我爸也不吸烟，我全家没人吸烟，我咋会生肺癌呢？谁说不吸烟就不会患肺癌？我还怀疑你患乳腺癌呢。医生接着说，你患早期肺癌也不是我诊断出来的，是机器，是科学。你要相信科学！医生打开电脑让张二看影像，一边亲切、详细地解释。张二说我相信科学，相信医生！俗话说小孩最听老师的，大人最听医生的。医生补充说，医生最听机器的。

治癌的手段无非两种：一是手术切除病灶，二是化疗。张二选择的是手术。病房的邻床是一个年轻人，长得秀气，脸色苍白，左耳后贴着白胶布。年轻人突然拉住张二的手，叔叔，借我五块钱，我妈来了就还你，我要买雪糕。张二不是不给，只是呆愣着。叔叔，那我唱支儿歌给你听——一只小花狗，蹲在大门口，两眼黑黝黝，想吃肉骨头。张二从皮夹里抽出一张五元币，稍顿又换成十元币，递给年轻人。叔叔，我只借五块钱。年轻人不接。张二又换成五元币。年轻人接过钱，去底楼超市买雪糕。我住的是肿瘤科，咋住进这么一个精神病患者呢？张二不解。

第二天，医生让张二术前签字。张二没看那些繁琐的条条道道，但看清楚了是做脑手术，便问，医生，肺癌应是做肺手术，咋是做脑手术呢？医生没回答张二，朝门口喊了声小鹿。一位漂亮的女医生进来。是这样，张先生。小鹿的声音很好听，她说，不管癌症患在哪个部位，我们统一做脑手术。在左耳后做个微创，用器械伸进脑袋里，把几根关键的脑神经错搭下。通俗说，就像火线和地线、红线和绿线接到一块儿……

张二大惊，这不是碰线、燃烧，甚至会爆炸吗？

小鹿咧嘴浅笑，对呀，不碰线、燃烧、爆炸，能产生效果吗？不过，你感觉不到脑袋里的碰线、燃烧和爆炸。你不用怕。

为啥要这样做呢？张二说，肺癌没得到治疗呀。

小鹿说人的脑袋太发达了，太发达就要制造假药、有毒食品、生化武器……张先生，你有没有生产过有毒物呀？张二想起自己把刚下过农药的蔬菜卖给人家。他还做过豆腐。豆腐到傍晚还卖不掉就发馊，还会有一层粘糍，所以预先就泡过防腐剂。这些残留的农药和防腐剂都是致癌物质。张二不禁点点头。

人即使治好了癌症，依然会不断制造致癌物，癌症就永远发生，且愈演愈烈。我们医院就开发了这个新的治癌项目，正如鲁迅先生所说，疗治其肉体，不如拯救其魂灵。小鹿解释说，对癌症患者，我们采用的是"错搭神经"的治疗方法，把正常成人的智商下降到猩猩的水平，也就是说，相当于五六岁的孩子。就像你邻床的那位年轻人。智商低了，还想得出干歹毒事吗？还有，你们不是常听说癌症患者不是病死的，是被医生治死的，被自己吓死的。张先生，你的智商相当于五六岁的孩子，你每天都是无忧无虑的，说不定癌症与你拜拜了。

可是，成了低智商，咋养活自己，养活家人呢？张二说。

你可以申请办个"低保"。小鹿说，因为你们是为"治癌""止毒"做出贡献的人，一切费用医院全免。我们医院还设有专门"基金"，手术后，你即可领到一笔不菲的奖金，还有每月津贴，直到你"百年"以后。这两笔钱的具体数额，等下我再和你详细介绍，因为各患者的年龄、家庭情况等不一样。

张二想自己本就是低智商、没文化，种地、打工、累、还憋屈，一年到头也没多少收入，天天被老婆数叨"窝囊"，心里头已然应允，就对小鹿说，我须向老婆请示汇报。

第二天邻床年轻人的父母来接儿子出院。他妈妈还给张二五元钱。张二说不用还，送给你家小孩买雪糕。他妈妈纠正说我家儿子不是小孩，是成人。张二连说是的是的，便接过钱。他妈妈就对张二说，我老公患的是肝癌，还是晚期。当初我们也不理解、不敢做"错搭神经"手术。你看现在我老公……他妈妈满足地笑着。张二看向她老公——满精气神的，只是言行举止像五六岁的孩子。他妈妈接着说，我老公的肝癌早好啦！我儿子一查出也患了肝癌，我就赶紧让医生做"错搭神经"手术。

年轻人一家刚离开，张二就给老婆打电话……

好呀！老婆说，我也做个"错搭神经"手术。

啥？张二说，你又没患癌症？

老婆说，预防呀，不是有个词叫"积郁成疾"吗？

◄ "我"字一撇

　　我是"我"，那一撇是我飘逸的金发，是飘飞的漂亮头巾。我身材高挑，三围符合模特标准；五官雅致，皮肤白皙光洁，黑眸里汪着水。人生何不潇洒走一回？

　　我的初恋是居住同一个院子的他，青梅竹马。我和他在同一个小学、初中、高中读书，又考进同一所大学。他家的经济条件一直远远好过我家，他一直帮衬我，在我遭受欺凌的时候，他即刻挺身而出保护我。然而我忍痛割爱抛弃了他。他只是某机关的一个普通职员，离我的"婚姻殿堂"很遥远。我的美貌岂能被糟蹋呢？"恩爱"和"恩情"并不能划等号。

　　我嫁给了另一个他。他身材肥胖，身高比我矮一头，年龄却长我一倍。但他是某上市公司的董事长。我天天过着纸醉金迷的日子。人家不免疑问：我的容貌倾国倾城，为什么不是"美人配英雄"呢？我的回答是：现在社会谁有钱谁就是英雄！小鲜肉有啥用？金玉其外败絮其中。头脑简单，说话不着调，天天貌似努力奋斗，成功的彼岸却遥遥无期。而中年大叔，睿智、成熟，正处在黄金季节。一个欲"出头"的女子何不做一株攀附大树的藤呢？

　　我承认我婚姻幸福，但爱情有残缺。月有阴晴圆缺，何况我虽是人间尤物，不过也仍是凡胎俗骨。我遇上了我的情人。他比我少二岁，虽不属奶油小生那种，但绝对酷，超级酷！长头发，扎小辫子；穿盘扣衫、戴佛珠。"你，一会儿看我，一会儿看云。我觉得，你看我时很远，你看云时很近。"他磁性的男中音、优雅的言行举止和独特的男性体香令我顷刻沦陷其中，沉醉于他的梦境……他是诗人，我和他常在花前月下吟诗。我痴迷诗歌，喜欢读、喜欢听，喜欢浸淫诗的意境，虽然我从不写诗。

　　你是谁？突然有人问我。

　　我说，我是"我"。

　　哪里是"我"？那人说，你掉了一撇，成了"找"。

　　我摸下头，果然没了一撇，是什么时候掉了呢？难怪这些天我偏头痛。

　　天算不如人算，公司破产，我丈夫跳楼自杀。吃我软饭的诗人转头离我而去……原先我美貌，拥有财富和爱情，不是一撇，是三撇呀！三撇是不是太重了呢？

　　"我"字的本义是"手持战戈的人"。我以为"我"鲜花怒马、仗剑天涯，披荆斩棘，无坚不摧，却原来一败涂地。"我"掉了一撇，还是"我"吗？

　　那人又说，你也不是"找"，是掉了一撇的"我"。

　　"我"掉了一撇就是"找"，我要找回那一撇，不要三撇；我只要一撇，二撇、三撇都不是"我"。

掉了那一撇，我成了一只无头苍蝇，盲目寻找。我在熙熙攘攘的人群中寻找，在林立的高楼大厦间寻找，在灯火阑珊处寻找……始终没有寻回那一撇。

我走进大山，决定自己殒命于大自然之中。行至半山腰，见有一农舍，泥墙灰瓦，屋前的小院子里支着竹架，晾晒的几件靛青白花布在微风中飘曳。我轻轻抚摸它们，仿佛触摸到青花瓷的润泽，更惊异于其蓝与白的自然融合。

屋门敞着，我走进去。见一个小小的扎染作台，一位头戴靛青白花巾、身着靛青白花衣的妇女正忙着手里的活。我站在她的背后，轻轻叫声，阿姨——

阿姨？

声音苍茫。

她缓缓转过身，对我笑，满脸的皱纹如撒开的鱼网，靛青白花巾里露出几缕白发，而眼神透着清奇。

阿婆，您今年高寿？

我想想——阿婆又对我笑，似乎太遥远，或者阿婆不再记忆自己的年岁，稍顿，阿婆答，103 了。

103 岁？我张大嘴巴合不上。

阿婆呵呵笑，笑声苍茫。

阿婆把花板平放在沾湿过的土布上，再用漏印法将印料涂抹到花板上……我第一次接触扎染的工序。

扎染就是扎和染，阿婆说，你知道扎染的神韵在哪吗？

我望着阿婆的眼睛。

扎染的神韵就是——清雅，不张扬。阿婆说。

——清雅，不张扬。我喃喃重复。

我要买阿婆的"清雅，不张扬"。

不卖。阿婆说，只送人。

阿婆说她原是县城的一个富家小姐，一位肩挑染布行担、走街串巷的青年把她给"诱"走了，这位青年成了她的丈夫。丈夫带着妻子回到他大山里的家乡，走进家庭染坊。

阿公呢？我不禁问。

你是问我老伴吧，老头子去了那边，他活了整100岁。

你们的孩子呢？

没孩子。

没孩子？

我惊愕！她一个人又怎样生活呢？

不会生育。阿婆呵呵说，不晓得是他还是我，没查。阿婆又说，姑娘，你以为我是一个人做扎染吗？不，我是和老头子一起的……

这夜，我留宿阿婆家。

临行前，阿婆送给我一方扎染手帕。

我捏着扎染手帕的一角，在我右肩头上方摇动。手帕飘呀飘，像"我"字丢失的那一撇。

◀《字典》会议

会议桌上摆着一本大《字典》。典长坐主席位，列席会议的有真、善、美、义、智、信、忠、孝、德、优、吉、安……"好"字代表。

典长发言：今天召集诸位是想清除《字典》里的"劣"字。

"好"字代表们鼓掌赞同。

首先拎出的是"毒"字。一旦沾毒，害人害己，危及社会安定。

典长发扬民主，在每个"劣"字被清除出《字典》以前都有申述的权利。

毒：我自知"毒"的严重危害性，并举双手赞成法律对吸毒、贩毒、制毒者的处罚和严惩。但是，种植蔬菜瓜果需用农药，而农药是有毒的，甚至剧毒。农人给庄稼、果树下了农药，就要竖块牌子，上写：刚下农药、严禁采摘。否则，顽童偷吃负担不起。菜市场频繁安检，以确保"菜篮子"里的安全，否则天天吃毒、慢性自杀。有些"毒"属于正常范畴，比如植物的自然腐败，人体生发毒疮之类，还有，中医治疗不是有以毒攻毒吗？若一刀切去除"毒"字，人们何以确保身体健康、生命安全？我强烈要求：《字典》里保留"毒"字。

此话在理。典长点点头，让"毒"字暂去"待留室"。

赌自动跳出，说：我也自知"赌"的危害性，十赌九输，因为赌自残、自杀，公司破产，家庭破碎屡见不鲜。但，比如说"这事咱俩打个赌"，是可以存在的。

典长也让"赌"字去了"待留室"。

骗也自动跳出，说"骗"委实令人痛恨——向老人推销假保健品，当前网络诈骗更是层出不穷、防不胜防，致受害者家破人亡。但战争年代的谍战特工，不"骗"，能安全潜伏吗？能完成组织交给的任务吗？还有"美丽的谎言"——有一位美少女海上遇难了，她外婆到去世还以为外孙女在国外留学，她外婆死时的面容是安详的。

"骗"字也去了"待留室"。

又拎出"癌"字。如今癌症患者何其多？谈癌色变呀！

癌：《三国演义》里面的张飞啥都不惧，只怕一个"病"字，何况是"癌"。其实人类自己环境污染、在食物中添加致癌物、暴食、酗酒、吸烟……却把责任推到我的头上，我不服！

是委屈了"癌"字。典长又让"癌"字去了"待留室"。

我也不服！又跳出了"妓"字。

妓：《字典》上解释，妓，妓女，以卖淫为业的女人。那些自愿被包养的，明码标价给高官、富豪、名士陪睡的"红粉佳人"呢？她们确实没有以卖淫为业，可这类人也是妓女，更高级的妓女。我建议《字典》里的"妓"必须重新注解。

还有我。奸站了出来，《字典》上说"男女发生不正当的性行为"叫"奸"，汉奸、内奸由此派生。侵害民族利益、触犯法律的"奸"应以严惩，有悖人伦天理的"奸"应受道德法庭的审判。但男女之间的情爱是最复杂的。古代，有多少遭受婚姻压迫的男女，她们或他们冲出婚姻的樊笼，甚至不惜以生命为代价换取短暂的"自由与幸福"的爱情，演绎出多少惊天地泣鬼神的悲喜剧。现代，当婚姻出现危机，甚至接近死亡，又无法脱离"围城"，便在"围城"外出轨……

典长让"妓"和"奸"字一同去了"待留室"。

最后矛头一齐指向"劣"字。

劣："劣"只是相对而言，清除了"劣"字，"优"中也会出现"劣"。倘若"智"，为歹事出谋划策呢？"义"，仅是哥们义气呢？"吉"，只求升官发财呢？（"劣"的情绪越来越激愤）"德"，只要得到利益就伤天害理，何为德？"孝"，老人越来越孤独寂寞。"真"和"信"，假冒伪劣，连爹娘都不一定是亲生的，何为真？如何信？"美"，没有统一标准，树瘤是病却成就了木雕师的艺术，宠物狗或许是近亲繁殖的畸形儿。"福"，生活条件越来越好，幸福感却越来越少。"安"，环境破坏，食物有毒，车祸猛于虎，卡里的钱也不保险……安在哪？还有"好"，什么是好？你说好，人家不说好；你说不好，人家说好。现在好，将来不一定好；现在不好，将来也许好。怎样才是真正的好呢？……

"劣"字的申述没完没了。

"好"字代表们个个坐不住了，额上不断冒出虚汗。

散会！典长宣布，"劣"字清除出《字典》，从长计议……

毒、赌、骗、癌、妓、奸……从"待留室"出来，又回到《字典》里。

◀ 一撇一捺
....

下着雨。一长横在泥泞中匍匐前行，如无脊椎动物。

长横翘着头，努力挺起上半身，继续前行。雨水倾注在它的头上、身上，它甩甩头企图甩掉脏水。长横没气力了，头、上半身跌落泥泞。长横成了一条"泥虫"。

喘了几口气，长横又翘着头，努力挺起上半身，继续前行。

雨一直下。

"哎呦——"泥泞中渐现出一短横，"你踩到我了。"

"对不起！"长横说。

"没关系。"短横说，"我也想向前，可是没办法。"

长横说："我的爬行异常艰难。"

短横看着长横突然说"我有办法"，钻到长横腹部，渐渐撑起长横。短横和长横屡次跌倒泥泞中，但它俩都不言放弃，努力、磨合，终于迈开了步子，越行越远……

长横的头长出尖角，瞭望前方，又长出尖尾，让身子轻盈。短横的脚掌越加厚实，以增加力量。

成了一撇一捺，组成"人"字。

雨停了。太阳出来。道路两旁鲜花盛开。一撇一捺步调一致行走在如画的风景里。

一撇的尖角越来越尖，身子越来越硬朗，觉得用不到一捺了，就一脚踹开了一捺。一撇目空一切、趾高气扬朝前走，突然轰隆一声跌倒尘埃里。

一撇负荆请罪召回了一捺。

"为啥你出尽风头，我只能默默无闻呢？"一捺说，"你还踹我。"

"是我利令智昏。"一撇说，"其实咱俩谁也离不开谁。"

"这话在理，"一捺抖抖身子，"可是该轮到我扬眉吐气了，你支撑我。"

一撇觉得是亏欠一捺，就矮下身子，支撑着一捺往前走。

"咋那么别扭呢？"一捺自语。

一撇说："因为'人'字变成了'入'字。"

◀ 木架桥上的红色风衣

夜雾笼罩。电瓶车抖动的光柱不断向前掘进，仿佛开采宝藏。

"提前行动！"小幸突然接到娜子的密令。

小幸和娜子原计划明晨结伴前往阿影所在的 A 城，娜子爸本已同意娜子闯世界，突然又变卦了。

A 城，一座滨海的城市。

箸山村村南去年开通了出山外的隧洞，经隧洞去娜子的村子要绕一个大弯子，小幸就从村子北边的山道去会面娜子。骑过五里路的山道，登上木架桥，拐个直角弯，沿溪边骑上二三里，就能看见一株乌桕树，与娜子胜利会合。

一个人在半夜里的山道上行驶，小幸丁点儿不怕，她的心中燃着一把火。

阿影和小幸都是箸山村的，俩人亲如姐妹。阿影一掮一拎两只红蓝相间的蛇皮袋出外闯世界。小幸送至木架桥。那年阿影 19 岁，小幸 13 岁。

小幸双手搂住阿影的腰。

"姐闯出一条路子，姐回来……"阿影说。

小幸仰起鹅蛋脸，双眸翻动着，眼眶渐渐润湿，凝成两粒水珠子，悄然从眼角滑落。

阿影再次回到箬山村已是三年后。阿影家破旧、低矮的老屋原址矗立起一栋四层楼的红砖青瓦房。阿影爸是个"老哮喘"，一日到晚喉咙里"拉风箱"，造屋的钱自然都是出门在外的阿影汇回来的。"归屋摆宴"那日，箬山村每户都派代表到阿影家随礼喝酒做客。阿影爸耸着瘦削的双肩，脸上漾满笑，嘴里说不完的话，好像喉咙里拉扯出一截又一截发霉的断绳子。阿影轻抹粉黛，把青丝拢在脑后，着一件紧身的粉色连衣裙，亭亭袅袅地挨桌给客人敬酒。阿影居然大大方方地把所有的"礼"退还乡亲。乡亲们一顿白吃白喝，抹着油腻腻的嘴，都赞阿影的好。

晚上小幸自然是不肯回家的，她要与阿影姐同眠。阿影把小幸打扮成"小妖精"，整发型、描眉毛、画眼影、打粉底、涂口红……站在全身镜前，小幸找不见自己，只见一只白天鹅从镜子里飞出，飞出阿影姐的闺房，飞出箬山村，飞向真实的大海……

当阿影脱去外衣时，小幸嘴巴洞开，半天合拢不上。这是一套小巧、粉色、蕾丝的内饰。

"喜欢吗？姐给你带回了一套。"阿影去开行李箱。

小幸不知道自己是怎样换上那套内饰的。

"小幸好性感耶！"阿影说，"照照镜子吧。"

小幸死活不敢去镜子前，巴登跳上床，盖上薄被，蒙住头脸，感觉全身火辣辣的。

回到家，小幸闩上门，又换上那套小巧、粉色、蕾丝的内饰，用小镜子上上下下地照。脸蛋烧着了一般。小幸复把这套小巧、粉色、蕾丝的内饰换下，认认真真地折叠，藏于箱底，不舍得再穿。

阿影告别箸山村，将回到A城。小幸送至木架桥。

阿影穿一件红色风衣，捎一只白色包包。

小幸的手攥住红色风衣。

"待你18岁，姐回来带你走！"阿影说。

小幸点点头，双眸闪闪亮……

小幸18岁了，可是阿影杳无音信。问阿影爸。阿影爸遇上谁都佝偻下腰，不停地咳嗽，只给你一个颤抖的嶙峋的脊背。

木架桥影影绰绰。电瓶车驶入桥中央，突兀闪出一个穿红色风衣的女子。雾蒙蒙，红色风衣却异常鲜红。

娜子咋会在这里？

娜子没有红色风衣。

是阿影姐。

阿影姐咋会在这里？

小幸心神一慌，急踩刹车。电瓶车翻倒，撞向木护栏。传来电瓶车落水的声音。

幸好小幸没有被电瓶车带落桥下。小幸爬起来，却不见穿红色风衣的女子，准确说是不见红色风衣。

手机叮咚一声。一定是娜子发来的微信。细看却是阿影少女时的旧照头像。阿影换了头像，以前的头像是四节莲藕。小幸曾问过阿影姐为何用"四节莲藕"的头像。阿影说，莲藕藏在泥里呀。

阿影对话框——

阿影：小幸，下辈子，再做亲姐妹！还添了个"拜拜"的表情。

时间：02:19。

小幸语音回复：阿影姐你在哪？怎么回事？

阿影再没有回复。

小幸走了几步，刺骨的疼，左脚受伤了。小幸就打娜子的手机，居然没打通。

……

当天，A城的媒体报道说，今日凌晨2时20分许，一位身着红色风衣的年轻女子从"梦富大厦"24楼坠落。警方已介入调查……当然，这件新闻小幸怎么能知道呢？

◀ 自己的葬礼

乐伯的灵堂设在蒲村花厅。蒲村有个规矩：只有"体面"的人去世，灵堂才能设在花厅。花厅的周边摆满花圈和花篮，正中置一灵台，灵台上立一遗像——乐伯的遗像。

没有棺材，没有骨灰盒。乐伯西装领带白衬衫、皮鞋锃亮，刚剪的头发纹丝不乱，还打了发胶；富于孝心和爱美的孙女、外孙女给乐伯化了妆，打底、修眉、润唇……沟壑纵横的老脸平整了，泛着红润的光泽。

乐伯端坐在"乐伯遗像"后面的靠椅上。

有顽童偷袭挠乐伯的胳肢窝。

乐伯差点歪倒："阿公是死人，不能挠痒痒。"

"阿公不是死人。"顽童说，"死人怕挠痒痒吗？"

"阿公今天是死人。"乐伯说，"你们别闹。"

顽童嘻哈："阿公才闹呢。"

追悼会开始了。先是一位高瘦、戴老花镜的主持人拿着一份报纸念《讣告》，大意是，乐伯于某年某月某日某时某分许在蒲村无疾而终，享年85岁。兹定于某年某月某日某时在蒲村花厅举行"乐伯追悼会"，敬请乐伯生前好友届时光临。妻赵小妹携

被风吹走的影子

儿女、媳婿、孙、孙女、外孙、外孙女、曾孙、曾孙女、曾外孙、曾外孙女……泣告。主持人喝了好几次矿泉水才念毕。

再是一位大肚子、梳着背头的"干部"致悼词。"干部"的声音洪亮、清晰。悼词也漂亮极了。乐伯不识字，但能听懂悼词。乐伯蛮感动的，便要站起身递一支烟给"干部"，才想起自己今天死了。

随后，儿女、媳婿、孙、孙女、外孙、外孙女、曾孙、曾孙女、曾外孙、曾外孙女、亲戚、乡亲，按辈分一茬一茬地给乐伯跪拜……乐伯正襟端坐。

中餐只能摆"素宴"，按风俗出殡前是不能吃肉的，那是逝者的肉。出殡后的晚餐才能摆"荤宴"。中餐的"素宴"丰盛极了，猪、牛、羊……虽都是面粉制作。晚餐的"荤宴"可想而知，参加追悼会的人都滋溜口水挂记着。

乐伯一直端坐在"乐伯遗像"后面的靠椅上，没吃没喝。白发苍苍、满精气神的赵小妹问："老伴，要不要吃喝一点？"

乐伯反问："我已仙逝，还会吃喝吗？"

吉时已到。此日，天朗气清。乐伯由长子背着，大女婿打纸伞，长孙拎香碗，长外孙女捧遗像，赵小妹哭哭啼啼由俩女儿搀扶着随其后。女儿、儿媳们嘹亮地哭唱。器乐班敲打得忒卖力，爆竹个个蹦得高，响亮。因是送葬者每人还能加收 50 元的红包，送葬的队伍一里长。乐伯不时回头望——白发苍苍、满精气神的赵小妹，披头巾的儿子、女婿们，腰间系稻草绳的女儿、儿媳们，戴蓝帽子的亲家、亲家母们，戴红帽子的孙、外孙辈们，戴紫帽子的曾孙、曾外孙辈们，戴白帽子的亲戚、乡亲们……

"逝者"将入土为安。

乐伯和赵小妹的合葬墓翘檐碧瓦，翠柏掩映，遵照乐伯"生前"嘱咐的高规格而建。墓口当然是封闭的，因为赵小妹仍健在，乐伯也并未真正的死亡。乐伯端坐在自己和赵小妹的合葬墓碑前的靠椅上，儿女、媳婿、孙、孙女、外孙、外孙女、曾孙、曾孙女、曾外孙、曾外孙女、亲戚、乡亲，最后一次与"逝者"告别。

随后，器乐齐鸣，爆竹个个蹦得高，赵小妹高呼一声"老伴，一路走好"，女儿、儿媳们的哭唱嘹亮，班头唱起入土为安的安魂曲……

夕阳下，端坐在自己和赵小妹的合葬墓碑前靠椅上的乐伯，露出微笑。

"乐伯，葬礼结束了，回家吧。"赵小妹说，"哦，对了，还有一顿晚餐的荤宴。"

有人问："乐伯已入土为安，他能入席晚餐的荤宴吗？"

有人说可以，要不，乐伯真饿死了。

有人说不可以，要不，大家与死人一桌吃饭，真吓死人了。

赵小妹说："还是问问乐伯吧。"

乐伯一直在夕阳里微笑，不回答。

儿女、媳婿上前搀扶乐伯，却没能搀扶起来。

乐伯依然微笑着，早已没了气息。

那位致悼词的"干部"猴急："乐伯，你咋能真死了呢？你才付给我们百分之四十的'葬礼'费呀！"

班头悠悠地说："乐伯总算了却了心愿！"

乐伯一辈子没婚娶，无子嗣，勤勤俭俭积攒起钱，就是为了举办一场自己的"葬礼"。

◀ 奶

蒲村人管哺乳期的女人叫奶娃娘。

奶娃娘总是坐在自家的门槛上奶娃儿。那时节不兴奶罩子，喜洋气的女人，内里添一件短褂。夏日，奶娃娘只着一件薄上衣。第二、第三粒扣子之间挤挣着白滚滚的肉团。奶娃娘也不掀衣襟，扣子吧嗒吧嗒一解，敞了怀。把奶头往娃儿嘴里一送，边做起手里的活——剥豆荚、编麦秆扇子，也有翻看小人书的……这边的奶子舒坦了，便换那边的奶子。两边的奶子都袒露着，应了蒲村的那句土话：十七八的奶子遮又遮，奶娃儿的奶子摆大街（方言"遮""街"同音）。

大头站在奶娃儿的奶娃娘斜对面，眼睛一眨不眨地盯着那对大奶子，嘴里发出滋咕滋咕响，接着流出哈喇子。大头的嘴里总是含着一粒未熟的枣子，或者一枚小山果，甚至是一颗生土豆之类，从不咬碎、咽下，就那么含着；也不与人说话，人家问他话，他嘴里滋咕滋咕几下，流出哈喇子。

娃儿听见大头滋咕滋咕响，疑问：旁边还有更大的奶子吗？便吐出奶头，转过头，看向大头，笑笑。大头嘴里更滋咕滋咕响，哈喇子一串串。娃儿兀地转回头，含住奶头，弄出吧唧吧唧响。

滚圆的奶子浅埋着蓝幽幽的血管，若是大头念过书，见过海，一定说：奶水像海水一样蓝。

有娃儿不肯吃奶，干嚎。奶娃娘把奶头塞进娃儿嘴里。娃儿吐出奶头，又嚎。奶娃娘在娃儿的屁股蛋上拍一巴掌，复把奶头塞进娃儿嘴里。娃儿狠咬奶头。奶娃娘咧嘴痛叫，倏地拔出奶头，照着娃儿的屁股蛋拍三巴掌。娃儿扯直喉咙嚎。奶娃娘嚷嚷："大头，我家贼娃不吃奶，让你吃吧！"娃儿戛然止了哭，乖乖吃奶。

大头，头大身子小，比同龄娃矮半头，鼻子却忒灵。谁家的奶娃娘奶娃儿，大头立马到跟前。蒲村百来户烟灶，谁家的娘们产娃，哪个奶娃娘的奶水足，哪个娃儿吮奶的声音更吧唧，大头了如指掌。此时，一股奶香味悠悠然飘至，大头一阵风追去。奶娃娘悬着偌大的两只蒲瓜奶子，蹲在自家门前的沟边挤奶水。一枚小山果在大头的嘴里打转转，哈喇子三尺长。

白色的奶汁溅射进沟里——大头原以为奶水像海水一样蓝呐。水面上旋出一个个涡儿，像花朵。小丫鱼们浮上来，围吃花蕊。

大头说：奶水肯定很甜。

秀气的奶娃娘桂花，不坐在自家的门槛上，而喜闩上门，坐在床沿奶娃儿。窗外，响起滋咕滋咕声。桂花知道是大头，并不挪身去拉下竹帘子。窗子开得高，大头够不着往里看。大头又不是贼娃，就让他听听声。桂花心里说。娃儿吐出奶头，脸朝向窗外，侧耳听了听，又看了一眼娘，倏地含住奶头，弄出吧唧吧唧响。

大头蹦了又蹦，仍然够不着窗，只能静听，脑袋里浮现——滚圆的奶子浅埋着蓝幽幽的血管……白色的奶汁溅射到水面上，旋出一个个涡儿，像花朵。小丫鱼们浮上来，围吃花蕊……

蒲村人竟说不清楚这位年过半百的傻女人是哪天出现在蒲村的。某日清晨，傻女人坐在大头草屋的门槛上，敞着怀，贫瘠的胸脯吊着两只瘪塌塌的奶袋子。大头"噗"地吐出未熟的枣子，双膝跪地，手掌托起奶袋子，衔住陷进去的奶头，先是滋溜儿滋溜儿的，而后吧唧吧唧响。

大头吐出奶头。

奶头渗出殷血。

大头又托起另一只瘪塌塌的奶袋子。奶头又渗出殷血。

奶水是殷红的。奶水是咸味儿的。大头心里说。

傻女人的脏手指箍着大头枯黄的头发，悠悠说："我做娘啦！"

大头兀地抬头，仿佛见着娘的模样，凝望着她，轻轻唤："娘——"娘摸着儿的头，咧嘴笑着。一缕晨曦穿过草屋前枣树的枝条，照射在娘儿俩身上。

娘住进了儿的家……

蒲村的奶娃娘又坐在自家的门槛上奶娃儿，说："咋不见大头了呢？"

桂花又闩上门，坐在床沿奶娃儿，抬头问："咋没听见窗外大头滋咕滋咕响呢？"

蒲村人再看见大头时，大头的嘴里不再含着一粒未熟的枣子，或者一枚小山果，甚至是一颗生土豆之类。不久，又发现大头的头变小了，身子忽如庄稼苗一夜间拔节蹿高了。

傻女人也不傻了，胸脯饱满。

◀ 1999 年的痱子

"我全身长满痱子……"她突然打他电话，"我快被折磨死了！"

这一整年里，他和她没见过一次面，没通过一次电话。

是的，一年，又十九天。她仿佛听到他的心声，陡然昂扬声调问，"那岩宕还在吗？"

"你又长痱子了？"他说，"岩宕还在。"

她是岩宕小学的教师，刚分配的师范生。他的村庄是岩宕小学的所在地，她与他难免偶然碰面，相熟了。她常常到他家吃他阿妈做的——红的、绿的、白的"馃团团"，她讥自己是条"馋虫"。

她居然和他好上了。他是农民，但帅。

那年夏天，她全身长满了痱子，敷痱子粉，用中草药、偏方都治不了。

他牵着她的手，到了岩宕。

岩宕，三面是陡峭的凿壁，只一面开一个窄口，形似一只敞门的仰天大桶。那水，永不干涸。浅了，宕底的石缝脉脉冒出清泉；溢了，又从敞口两边的小沟汩汩流出。一年四季，冬暖夏凉。

洞天，一挂月亮；水里，一璧月亮。

她和他争相抢捞着水里的月亮，笑声在水面上激荡。她听到噼噼噗噗的声响，还感觉到全身肌肤怪舒服的痒痒——是唐鱼们挤挨着啄她的痱子屑儿。唐鱼小巧、活泼、体色多彩，身上有一道荧光带，游动时闪闪发光，可爱极了！

她全身的肌肤光洁润滑，痱子逐渐消褪。

这岩宕的水一定含有特殊的矿物质，专治她的痱子。还有小医生——唐鱼。她紧紧拥住他，拥住被自己抢捞到的月亮。

可是，她离开了岩宕小学，离开了他的村庄。她进了城，成了"城里人"的女朋友。

今夜，又到岩宕。

月光惨淡。她面色苍白，背向他走进水里。水飕飕的冷，似有股异味。她没有听到噼噼噗噗的声响，没有感觉到唐鱼啄她肌肤的痒痒。

是少了一味药，一味最重要的药。

她对他喊："你也下来么！"

"我还是给你站岗吧。"他坐在岩石上没动。

"我还需要你站岗？"说着，她的身子缓缓沉没，如同沉没在一年又十九天的死水里……

水面死寂。他连唤了数声，衣服也顾不及脱，扑进水中。

他寻找她，却摸不着她。

他摸遍了水底，却没有她的身体……

他不清楚是谁打捞了他，不知道自己现在身在何处——人间，地狱？他发着高烧，迷迷糊糊中，她悄然与他辞别，或许黑夜，或许白天。

然而，她死了。她无法忍受痱子对她的折磨，她也无颜再回他的岩宕。她留下一纸遗书：我穿着华美的袍子，身上没长痱子。

其实结局不是这样的。

她又回到了岩宕。月光似乎有些惨淡，看不清她身上的痱子。

"你摸摸。"她说。

他没动。

她抓过他的手。

她的额、两颊、胳膊，全是痱子。

"没骗你吧？我难受死了。"她说，"赶紧下水吧！"

他仍然没动。

她没有强迫他，抿嘴一笑，不知是苦涩还是欣慰。

水，清凉。她顿感通身舒爽。洞天，月亮朦胧；水里，月亮模糊。她无心捞起水里的月亮。没有听到噼噼噗噗的声响，没有感觉到唐鱼啄她肌肤的痒痒。

她对他喊："你也下来么！"

"我还是给你站岗吧。"他坐在岩石上没动。

"我还需要你站岗？"说着，她的身子缓缓沉没，如同沉没在一年又十九天的死水里……

水面死寂。他连唤了数声，衣服也顾不及脱，扑进水中。

他捞起她。

"我才不自杀呢，我是潜水捞月亮！"她咯咯笑着，双臂环住他的脖颈，仿佛抓回了他，和自己的的一生。

"你可要呛死我？"他咳着说。

"怎么舍得呢？"她松开胳膊。

月亮，渐渐清朗起来。她和他争相抢捞着水里的月亮，笑声在水面上激荡。

她像唐鱼一样啄他。他躲开。

"傻瓜，我没和那位结婚。"她说，"新学期，我又回到岩宕小学啦！我会长痱子，可是城里没有岩宕，没有唐鱼。只有这儿才有，你的岩宕，你的唐鱼。不，是你和我的岩宕，你和我的唐鱼……"

他紧紧拥住她，如同拥住刚刚捞起的月亮。

她和他是两尾光滑的大鱼，情不自禁地缠绵在一起……她听到噼噼噗噗的声响，还感觉到全身肌肤怪舒服的痒痒——是痱子在水中相继炸裂的声响，是唐鱼们挤挨着啄她的痱子屑儿。可爱的唐鱼！

"你摸摸，全身！"她嗲嗲地说。

他的手指在她的通身游走。

她的光洁润滑的肌肤，没有了一粒痱子。

其实这也并非真正的结局。

1999 年，我在乡村学校教书。那年夏天，特别燥热，我长了一身痱子，做了一场关于痱子的梦。

◀ 脸　谱

他正在给脸谱修补和保养，涂上膏脂、喷过药液的脸谱质地更柔软，色泽更鲜亮。

这些脸谱真漂亮！我好奇地问，你是唱花脸的？

不是。他愣了下，又说，是。

他神秘兮兮的。我心里说。

他悬拎着脸谱一张张展示给我看，这张是"谄媚脸谱"，见上司用的；这张是"庄严脸谱"，坐台上用的；这张是"亲和脸谱"，考察民情用的。他又拎起一张，我发现这张更稀罕，脸谱上两只眼睛，一只绘的是一枚公章，另一只绘的是一枚铜钱。他说，这张是"情人脸谱"，当然是约见情人时用的。最后一张脸谱说不出什么表情，他介绍说，这张是"家庭脸谱"。我不解，问他，在家里也需要戴脸谱吗？他说，我虽然是个对家庭有担当的男人，但面对妻儿，我还是作了伪装。

望着一张张秋天落叶般铺展在桌台上的脸谱，我说，你就不能做真实的自己？

不能。他神情黯然说，我活得很累，我已得了轻度抑郁症。

严重的抑郁症会导致自杀的。我不是吓唬他。

被风吹走的影子

我知道，此类新闻见得多了。他一声叹息，可是我身不由己呀！

　　只要抛弃这些脸谱，你的抑郁症就会自然消除。我鼓励他，做一个干净、快乐、善良、健康的自己，抛弃这些脸谱，你会平安幸福的。

　　可是我……能行吗？他还在犹豫。我把这些脸谱全卷走了。

　　我是他窗台上的一股秋风。

◀ 月牙狼传奇

上

血腥味，浓烈的血腥味。

瘦骨嶙峋、饥肠辘辘，腿力不济的我，伸舌垂涎地向着血腥味，奔跑。

血腥味里夹杂着另一种气味，那是一种久违的气味，芬芳的气味——栀子花独有的清香味。

我钻进灌木丛，栀子花的清香顷刻把我淹埋。

一个女人仰躺着，身旁歪斜着一只盛有草药的竹篮子；她的下半身躺在一片草丛上，双手揪住身旁的灌木，似乎要把灌木连根拔起；两腿岔开，撕裂般地喊叫、努力……一个血团轰隆滚落，随着，一声嘹亮的啼鸣响彻山林。女人长吁一口气，被汗水和血水淹没……

栀子花的清香汩汩流淌。

必须拯救这位弥漫着栀子花香味的女人，我跑出灌木丛，矗立在就近的一块岩石上，向着山脚的笛村呼喊。村民们纷纷跑出家门，聚集着，冲上山来，手里握着武器。将近时，出于自我保

被风吹走的影子

护的本能，我跳下岩石。我惧怕那些要我命的武器。

寂静，只有婴儿的歌唱。

我重新跳到岩石上，眺望村民们正往山下撤退。我继续呼喊。村民们再次冲上山来，手里握着武器。有飞刀嗖嗖嗖飞来，我没有躲避，直至飞刀毫不迟疑地插入我的身体。我从岩石上滚落下来，挣扎着向着灌木丛爬行……我依偎在产妇的身旁，缓缓闭上双眼，迷糊中听见人类纷纷追至灌木丛的脚步。

我笑了，我断定自己露出了微笑。

我埋葬在栀子花的清香里。

所幸，母女平安，我也平安。医生说，要没有我"呼救""带路"，后果不堪设想。这话我爱听。有着栀子花香味的女人就叫栀子，那天诞下的女婴取名月牙。

栀子就和大家讲起"月牙"的故事，其实，也是我的故事。

那是前年的事儿了。我被卡在乱石中，奄奄一息。她小心翼翼地扒拉开两边的乱石，把我捧在怀里，发现了我前额上的白色"月牙儿"，说："原来是只可爱的'月牙狼'！"

她掏出上山做活随身携带的创口药敷在我脖颈的伤处，又扯下一只袖管把我的伤脖包扎起来。我闻到了栀子花的香味。栀子把少一只袖管的衣服脱下来摊在地上，把我轻轻捧起安放在上面，吩咐说："别乱爬，等妈妈回来就好了。"栀子花的香味一直在我的生命里。

下

我成了英雄。

笛村百姓络绎不绝地慰问我，纷纷送来鸡鸭鹅等犒劳我。我没有回归山林，因为山林里连一只野兔也没有了，还时常听到挖掘机的嘈杂声，再说我妈妈已在一次被猎人围剿中跳崖牺牲，如狼牙山壮士。

自从安居栀子家，我就没有停止过思考。在古生物时代，食肉性动物中进化最为完美的三种顶级动物是泰坦鸟、剑齿虎和狼。但是，泰坦鸟和剑齿虎都已灭绝，只有我们狼生存了下来。凭啥？团队合作、智慧勇敢，正如达尔文所说的"物竞天择，适者生存"。如今，我成了一匹孤狼，无法团队合作，但智慧还在。我必须彻底颠覆人类对狼固有的"凶残狡诈"的印象，成为一匹比狗更聪明，更有义气，更忠于人类的"月牙狼"。再说，狗的起源本是被驯化的狼崽，这让我更自信！而这一切必须从改变饮食结构做起。

我闭上双眼，强硬把剩菜、剩饭填进嘴里，哗啦啦吐得翻江倒海。我告诫自己：饿肚子就会垂涎家畜，还会咬人。这岂不自绝死路？适者生存啊！我闭上双眼，强硬把剩菜、剩饭填进嘴里……眼泪吧嗒吧嗒砸在地上，一个坑，一个坑的。

不再呕吐了，后来还吃出了香味来。我成功了！我重试尝尝生肉，竟然呕吐不止。适者生存啊！

我长胖了，尾巴渐渐缩短，两只前足不时有提起的欲望。我看家护院，我给栀子当保镖，我逗月牙玩耍。我决不给人类添麻烦，不做坏事，只做好事。我与人类和谐共生。这是我月牙狼创造的奇迹！

由于我吃的是熟食，膂力减退，不再凶残，但头脑越加发达。我见到人就摇尾巴，敞亮肚子让人挠，举起前足与人握手。有人不相信我会吃剩菜、剩饭，我就让他们亲见，哪怕我的肚子撑得难受。

我的名声越来越大，报社、电视台记者接踵登门采访我，还给我录影，我成了明星。

我坐在电视机前，看着屏幕里的自己，喟叹道：怎么越看越不像狼呢？

◀ 鸡鼬恋

黄鼠狼又溜进老扭的屋子，叼着一只死鼠。

屋子衰败。老扭握着脏兮兮的针筒给鸡皮注水。一只双冠鸡踱到老扭瘸腿下。双冠鸡肥成球。

你也想来一针？老扭踹了它一脚，还没轮到宰杀你。

你们在我们身上注射激素，才饲养十几天就把我们宰杀出售，违背自然生长规律。双冠鸡说，你们还把卖身的小姐称作"鸡"，把龌龊的名声强加在我们头上。你们不仅摧残我们的肉体，而且玷污我们的心灵。我生不如死！

老扭没文化，无话可辩，就不搭理它。

待老扭睡成死猪，黄鼠狼把死鼠埋进老扭的米缸，又打开囚鸡的笼子。鸡们看见黄鼠狼吓得往里蜷缩，只有那只双冠鸡款款踱出笼子。

与其被人类摧残致死，还不如成为黄鼠狼的腹中食。双冠鸡跟随黄鼠狼趁着夜色出逃。

村庄远远地甩在身后。黄鼠狼对双冠鸡说，黄鼠狼给鸡拜年——没安好心。其实，我们饿极了才冒险闯入鸡舍，吮你们的血。我们的主食并不是鸡，是鼠、蛙、蛇……由于人类无限制地使用农药，现在农田里已难得见鼠、蛙、蛇了。我早已改变食谱，忌肉类，吃素食，番薯、土豆、玉米，甚至叶子、草等用以果腹。

随着生存空间越来越少，我们成了濒危物种。黄鼠狼接着说，我永远忘不了那个惨景，我母亲被老扭悬吊在院子里的绞刑架上，活生生被剥皮……我发誓要报复老扭。我故意引诱老扭追捕我，眼看他伸手就能逮到我时，我并没有发射救命的毒气弹，而是纵身一跃。老扭刹不住腿脚，几个跟头滚下旱沟，折了腿。

人类为何如此对待我们？双冠鸡说，长此以往，终将害了他们自己啊！

鼠目寸光，利欲熏心，害人害己，终遭报应！黄鼠狼答道，又看着双冠鸡的双冠问，我叫你小双，可以吗？

双冠鸡点点双冠，又说，那我叫你阿黄了。

小双，咱俩结伴而行，远离人居，寻找世外桃源。

瘦瘦的黄鼠狼走在前头，肥肥的小双跟随。小双脚下一绊，骨碌碌赛如皮球滚落坡下的溪流里。

阿黄——救命！小双本能地喊着，呛了几口臭烘烘的溪水，扑腾着笨拙的双翅在水面上挣扎。阿黄跃入溪中，小双像抓到一根救命稻草，翅膀挟住阿黄的脖子。小双球状的身体没有下沉，倒是把阿黄的头摁进水里。阿黄终于把小双救上岸。

小双发现阿黄的脖子、背部都有被她的爪子抓破的伤痕，噙满泪水。

小双，没关系的，我很快痊愈的。阿黄向小双做了个鬼脸，随后攀上一棵高树，采了叶子，放嘴里嚼烂。小双用喙把嚼烂的叶子泥涂在阿黄的伤口处，一遍遍问，疼吗？阿黄夸张地龇牙咧嘴。小双嬉笑着用翅膀扇他。

阿黄和小双果然觅到了"世外桃源"，鸟儿啾啾，泉水叮咚，不闻聒噪的人声。小双每日吃嫩草、虫子，尝遍阿黄从枝头采摘的果子美食。阿黄在一株中空的老树躯干里装潢房子，对小双说，咱俩住在一起，相互有个照应。小双说，咱俩不是夫妻，不能同居的。阿黄就衔来树枝做隔层，楼上住小双，他自己住楼下。这对孤男寡女的上下楼邻居时常串门、聚餐、唠嗑，但从没有在对方的屋里留宿。

小双苗条了，阿黄健壮了。有一天，阿黄采撷了树枝、藤、花朵，编织了一只花环，对着小双单膝跪地，说，小双，嫁给我吧！小双流出幸福的泪花，把脖颈伸给他。俩人还拜请了老树当证婚人。新郎新娘夫唱妇随把隔板弄出个楼井，搭了楼梯，上下楼两个单间改装成跃层婚房。

可是有一天，阿黄不幸踩到了铁夹子，原来老扭一直秘密追捕阿黄。阿黄被老扭囚禁在院子里的铁笼子内，铁笼子的门钮还拴上 W 型的钢丝扣。老扭说，现在你的皮不值钱，待冬天，再剥你的皮。

是夜，暴雨如注。

翌日清早，老扭站在院子里的铁笼子前，惊呆了。双冠鸡没有了喙，血水、雨水、泪水混合在一起。W 型钢丝扣几近断开。老扭的心里"嘎嘣"了一下。

小双瓮声说，我和黄鼠狼都和好成亲了，人类咋还不放过我们呢？

老扭却听得分明，他拔出 W 型钢丝扣，旋即转身跛着脚冲进屋子。

危险！老屋要坍塌了。阿黄提醒老扭。老扭似乎没有听见。

老屋的门口跌跌撞撞地奔逃出几只球状的肉鸡。老屋轰然坍塌。老扭打开了鸡笼子，自己却来不及逃出来。

◀ 猪嘴巴

　　我的嘴巴发烫，麻木。忽然醒来。手一摸，嘴巴长长的突出。跑到卫生间，镜子一照，天哪——长出了一个猪嘴巴。

　　急忙去医院。我妈跪下求医生：砸锅卖铁、卖房子也得给我儿子治。医生说没法治，没法手术，也无法查出形成的原因，建议去整容医院。又去整容医院。医生说这费用是天价，也没法整容，上、下颚太长了，再说整容有生命危险。

　　我说：宁愿死也要整，这样活着生不如死。

　　医生说：我们是绝不会担当这种风险的。

　　断了整治的希望。

　　我常流口水，说话瓮声瓮气，吃饭呱唧呱唧响，还漏饭菜，睡觉鼾声震天。尽量窝在家里，不得不出门，又没法戴上口罩，就罩了个过滤酒糟的竹篓子。人们看我是个怪物。我本是个怪物。

　　已是婚娶年龄，哪有姑娘敢挨近我？去某单位想做保安，我说：我做保安，坏人不敢进来。招工的说：你做保安，好人也不敢进来。

　　我没有大耳朵，没有大肚子，但远不如猪八戒。猪八戒有武功，能变化。而我是废物。后来一段时间，我留意身边和媒体，看有没有像我这样的人。既然我睡一觉突然长出一个猪嘴巴，肯定也有别人睡一觉也突然长出一个猪嘴巴，甚至象鼻子。然而没有，没有。我孤独。

我偷偷拿起农药瓶，被妈发现，夺过农药瓶就往自己嘴里送。我紧急夺下妈手里的农药瓶。

幸好有人把我招工了，是"大篷车"动物表演的老板。我说：我不是动物。老板哈哈大笑：你是动物，我也是动物，咱们都是动物。我也笑。笼子里的动物吃的是动物的食粮，我吃的是人的粮食；动物没床睡，我睡床上；动物没工资领取，老板每月发给我不薄的工资。我是动物，我又不是动物。

我有时也嘀咕：我没了尊严。老板反问我：你以前有尊严吗？

不表演的时候，老板绝不让我露脸亮相。观众都见过你的猪嘴巴，还会看你的动物表演吗？观众不看你的动物表演，我咋赚钱？我不赚钱，咋给你发工资？你拿不到工资，你咋活，你和妈咋活？老板的话一环套一环。

买日常用品都是驯兽员给我代劳，我也给驯兽员多一些关照。驯兽员对我笑得很好看：你最让我省心，不用训。驯兽员是个女的，长得不难看，比我少几岁。

那天演出结束，驯兽员突然和我牵手。驯兽员的老公家暴，离了婚。驯兽员自嘲：我训得了老虎，却训不了老公。

我揽住她的腰。我的猪嘴巴差点儿蹭到她的脸。她闭上眼睛。

我移开了猪嘴巴。

她睁开眼睛：你睡一觉突然长出一个猪嘴巴，也有可能你睡一觉突然没了猪嘴巴。

我嗫嚅：没了猪嘴巴，我啥都没了。

◀ 我要隐瞒自己

套用老列夫的话，愉悦的心情都是相似的，悲怆的心情却各有各的不同。是的，我很悲怆。与我身体部位的变异有关。不过现在得以疗治，诸位不必为我担心。我就从头说起吧，可我不知道"头"在哪儿。也许人家早已识破，只是没有当我的面揭穿罢了。

因为打字员小李，我才有所察觉。

我好看吗？打字员小李娇滴滴地问我。

我很帅，年轻、貌美的异性总想接近我。我老婆就是因为我这张俊脸死心塌地倒追我。我除了脸算高档，房子、车子都很低档，更不用说赚多少票子、戴多大的帽子了。常有人妒恨我：你还有一张俊脸吸美女，我啥都没有，只能打光棍。

我回答打字员小李：好看。

你没说真话。打字员小李气鼓鼓地扭着肥臀走人。

我素看不惯打字员小李的忸怩作态，我在心里鄙视她。可我没表现出来呀，她咋识破我内心的呢？她的智商并不高。

全县某系统职工书法大赛颁奖会上，属下簇拥着领导题字。我的草书还算是有点名气，我又是本赛事筹备组一员，让我为领导做回"书童"。平时常有人问我为啥写草书。我亦庄亦谐地回话：写正楷易露馅，我写草书是鬼画符。你们只会说好好好！为啥？怕被别人说自己没"墨水"。其实你们啥字也认不出来，连几个字都数不出来。

领导题毕，众人鼓掌，齐呼：好！好！好！领导的题字也是鬼画符。有属下请教领导什么字。领导亦庄亦谐地回话：哈哈哈，我也不知道。属下便纷纷赞领导高才，又谦虚又幽默！

领导突然握住我的手说：在下承蒙您的教诲。

我感觉领导的笑容怪别扭的，我好像吞下了一粒苍蝇。

主任和我说：领导向我问起你，我当然把真实的、优秀的你向领导汇报呀。

领导咋说？我急切问。

主任说：领导只答了一个字，"哦"。

后来，公司提拔我任副科的事，黄了。

那天，我也为领导的"书法"鼓掌、喝彩呀。

赵同学不幸遇车祸身亡。我老婆在认识我之前，和赵同学谈过恋爱，自然那个了……我恨不得和我妻子"那个"的，全不留在世上。我早和赵同学断了交，我不参加他的追悼会。同学亦庄亦谐说：他在先，你在后。这不算他"那个"你老婆，倒是你"那个"他的前女友。

好像我倒赚他似的。我说，可是面对他，我多尴尬呀。

还不是你倒赚他？同学说，他都死了，你尴尬啥？

是啊，他都死了，我尴尬啥？我参加了赵同学的追悼会。遗体告别的时候，我却被赵同学的妻子哭丧着赶了出来，如同驱鬼似的。

还有，那天我后半夜才回家。我对老婆解释：遇上几个多年未见的老朋友……

有胆量做，就要有胆量说真话。老婆甩给我一只枕头让我睡沙发。

其实，我遇上的是我的初恋，我和她只是叙叙，连手都没碰过，我发誓！可是我说得清楚吗？我老婆咋听出我说的是假话呢？

我必须得到答案，哪怕付出一切代价。

打字员小李回答我：你的右脸分明在鄙视我。

领导回答我：你的左脸在奉承，右脸写着不屑。

赵同学的妻子回答我：你的左脸，猫哭耗子；你的右脸，幸灾乐祸。

老婆回答我：是真是假，只要看你的右脸。

好一段时间，我仔细研究自己的脸。当我需要"现场应酬"的时候，左脸都能完成使命，右脸却泄密我真实的内心。也就是说，我的左脸愤怒时，右脸是笑着的；我的左脸欢愉时，右脸却比哭还难看。只有我的表象和内心统一的时候，左脸和右脸才是和谐的。左脸扮演的往往是"假我"，右脸呈现的才是"真我"，可谁都容忍不了我的右脸。我狠狠扇着右脸，自责：我咋长了一副半阴半阳的脸呢？

我去了多家医院做各种高端科技的检查。医生说：人的左脸和右脸都是不对称的，右脸，感情更丰富。没见过你这种右脸，永远透露你真实的内心。又亦庄亦谐说：人人有你这样的右脸就好了，谁也骗不了谁。不用治，也治不了。

我愤愤说：这些医生全是饭桶！只会说风凉话。有这样的右脸，我咋在人世间苟活？我这右脸给你试试，你不可能每时每刻都戴口罩吧，又不是疫情年代？

那天我回到家，老婆被我吓得昏死过去。我去了整容医院，把右脸整成了"面瘫"。我的右脸再也没有任何表情了。

◀ 生死电话

我划动着蚱蜢舟，蓝天翱翔着一对比翼齐飞的鸟儿，水面荡起波纹，她飞走了；我点燃红蜡烛，和她喝交杯酒，杯中游弋着两尾耳鬓厮磨的小鱼，酒杯一哆嗦，她遁形了；我步入演奏厅，我和她是两个和谐的音符，徜徉在莺歌凤吹的交响乐里，当帷幕落下，邻座却不是她……

自从她和我分手后，我一直恍恍惚惚。

她叫丁香，像丁香一样漂亮，像丁香一样芬芳！

我拖着失血过多的皮囊，茕茕僵立在瘦骨嶙峋的崖石上。这是我人生的终点站。

"我像只鱼儿在你的荷塘，只为和你守候那皎白月光。"我的手机乐音突然响起。是丁香，一定是丁香！

"我想见你，我等你……"丁香的声音沙哑、苍茫，渐渐渺远。

却是陌生号码，一定是丁香换了手机号码。我回拨她的手机，接电话的却不是丁香。

丁香怎么了？如此悲戚，如此绝望！我恨不得插上翅膀飞到她的身边。

她形销骨立地卧在病床上，阖着眼睑。

"你，终于来了！只有我守护着她。"面容和善的护工阿姨对我说，"她一直叫着你的名字，一直在等你，直到发不出声音。"

"她？一直叫着我的名字？"

"是的，她一直叫着你的名字，翔、翔、翔……"

我轻轻儿握住她的手。她的手颤动，眼睛缓缓睁开，泛着晶莹，嘴角绽出笑意。

我也对她微笑。

她嘴唇蠕动着。

"你说……"

她在说话，却没有声音。

"好好活着！"护工阿姨翻译她的唇语。

我点点头，泪滴在她脸上。

她嘴角绽着笑意，眼睑轻轻阖上……

她不是丁香，我的名字也不叫翔。

◀ 潜伏的红鲤鱼

贾夫回家了，神情憔悴沮丧、脸面虚肿，胸前挂着一只匣子，用红布包裹着吊在脖子上。一见鲤，眼泪哗哗地唱："你是我永远的唯一，我一生一世陪伴你……"鲤脸色苍白，傻傻地愣着。贾夫说我是替计一君唱的。

是计一君的骨灰盒。贾夫把计一君安葬在陵园里，给他鞠了三个躬，敬了三盏酒，点燃二支香烟，摆在墓前。鲤的头脸用白围巾箍着，只露出一双丹凤眼。贾夫抹着鲤的眼泪："你不能哭，坐月子会哭瞎眼睛的。"鲤的眼泪还是簌簌地流。

贾夫和计一君是同事，也是哥们，一同去 S 国出差，还是贾夫约上计一君的。山道曲曲弯弯，汽车滚落山谷……只看到此次事故的网络新闻，没有贾夫和计一君的确切消息，鲤恨不能即刻飞往 S 国，正当预产期……如今，只有贾夫活生生地站在眼前。

鲤连日晕晕乎乎，给佑安泡奶粉竟然冲了凉开水，噩梦中还唤着计一君的名字。"鲤，我在这，别怕！"贾夫抱住鲤。贾夫尽量让鲤多休息，少插手帮活，自己细心周到地"伺候"佑安。每日给鲤唱同一首歌：你是我永远的唯一，我一生一世陪伴你……鲤说，以前我可从没听到过你唱歌呀，要是当初你也给我唱歌，我肯定嫁给计一君。"我是替计一君唱的……"贾夫说，"鲤，你烦我唱歌吗？"鲤没有摇头也没有点头。

计一君先于贾夫追求鲤。计一君高矮胖瘦、肤色都和贾夫差不多，五官比贾夫还英俊，鲤之所以选择贾夫并不是嫌计一君是孤儿、家贫，而是觉得不会唱歌的贾夫更踏实，会唱歌的计一君似乎缺乏安全感。

计一君竟然在胸前心脏部位纹了一尾摇摆着尾巴的红鲤鱼，赤裸胸膛对鲤唱歌："你是我永远的唯一，我一生一世陪伴你……"鲤差点儿流出眼泪："我已是贾夫的人了，怎么会是你永远的唯一呢？更不可能一生一世陪伴我。好好恋爱，再找个人结婚，我祝福你！"计一君没有悲伤，反而微笑着对鲤继续唱："你是我永远的唯一，我一生一世陪伴你……"鲤赌气说只有贾夫一生一世陪伴我，你就打一辈子光棍吧。计一君又要给鲤唱歌，鲤愤然转身不理睬他。此后，计一君再不曾与任何一个女子恋爱，好在没有与贾夫结仇为敌，反而成了哥们。

贾夫恨不得时时刻刻把佑安捧在手心里，仅有一次对佑安大动肝火。那年清明节，佑安死活不肯去祭扫计一君墓，对贾夫歇斯底里："我只有你一个爸爸，凭啥要我年年给他扫墓？他又不是我爸爸。我和他一毛钱关系都没有！"贾夫高高举起巴掌，在佑安脸上抹了一把指尖儿，连拽带拖逼使佑安哭哭啼啼地跪在计一君墓前。贾夫疼在心里，回来的路上一直给佑安道歉。

鲤越来越感到贾夫是贾夫和计一君的合体，既保留着他细致周到、体贴踏实的原汁原味，又添加了计一君的浪漫和多情，给她送鲜花、哄软语、唱情歌。贾夫总是说我生命的一半是自己的，另一半要活成计一君的样子。原来婚姻需要锅碗瓢盆，也要玫瑰和歌唱。鲤适应了现在的贾夫，现在的贾夫感觉更好，丈夫原本应该这样子。佑安越长越帅气、聪明、懂事，后来还读了博。鲤感受到人生的满足。

岁月如歌，贾夫即将走到人生的终点，他让亲人们暂时回避，独留老伴鲤坐在床前。他对鲤笑笑，然后说："对不起，我瞒了你大半辈子。"

鲤说："我知道。"

"你知道？"贾夫浊眼一亮。

"人死不能复生。"鲤说，"就遂你愿吧。"

贾夫涌出浊泪，一只枯手颤抖着递给鲤。鲤接住，说："下辈子做你自己。"扯了一下他手背松沓的皮，越扯越长，竟拉下他整张人皮，像蜕去一个皮套。

被火毁了的脸。胸前心脏部位纹着一尾摇摆着尾巴的红鲤鱼。

"我能最后一次给你唱歌吗？"计一君说，"我自己唱。"

鲤点点头。

当年的情景在计一君脑海里重现——汽车滚落山谷，贾夫被甩出车窗外，后脑勺砸在岩石上当场殒命。汽车坠入谷底后又发生了自燃，计一君的脸部、后背重度烧伤。S 国医院把贾夫的皮囊套在了计一君的身上……

"你是我永远的唯一，我一生一世陪伴你……"歌声含混、苍茫、渐渐渺远……

◀ 两件衣服

客厅。

两件衣服正演着"武打片"。一件男式，一件女式。女式衣服撕扯男式衣服的领子、纽扣、袖子。结局是男式衣服把女式衣服撂倒地上，一脚又一脚地狠踩。女式衣服扭曲、变形。

一双粗糙的女人的手掌，左手抓起男式衣服，右手提起女式衣服。四只袖管垂悬，晃荡晃荡。男式衣服的一只袖管突然揪住女式衣服的一只袖管，女式衣服的一只袖管也揪住男式衣服的一只袖管。绞成两根麻花状。一圈儿一圈儿，绕住女人的两条胳膊。女人走向厨房，手刚触到剪刀，两根"麻花"兀然松开。

阳台。

洗衣机插上电源。女人把男式衣服和女式衣服扔进洗衣机。洗衣机震荡、异响。

洗涤定时：59、58、57……0。响起嘀嘀嘀的声音。

女人的手伸进脱水桶，拎出男式衣服和女式衣服，缠绕在一起，分不开。女人把男式衣服和女式衣服放在洗衣台上，用棒槌反复捶打。男式衣服和女式衣服分开了。男式衣服和女式衣服挨着挂在晒衣横杆上。男衣袖触碰女衣袖。女衣袖触电般分离。女衣袖触碰男衣袖。男衣袖触电般分离。

太阳出来了。男式衣服和女式衣服的水珠滴落。有风吹来。男式衣服和女式衣服轻轻飘动。

男式衣服和女式衣服挨在一起。男衣袖靠着女衣袖，女衣袖靠着男衣袖，摩挲，缠绵。

女人收了衣服，折叠，分别放进衣柜。

◀ 命运之谜

．．．．．．．．．．．．．．

阎王从餐厅出来剔着牙走向卫生间，见走廊上黑白无常、张三李四叽叽喳喳的，问：你们几位吵吵啥？

阎王，您说是摆渡好，还是架桥好？

阎王答：不关阴间的事。

黑白无常说，关系到我俩抓人。

张三、李四说：关系到我俩的寿命。

咋回事呢？阎王问。

张三说：那年，我坐渡船外出讨债。债不讨回来，我一家子没法过年。雪水融化，河水暴涨，渡船底朝天……要是当年架了桥，我就不会被淹死。

黑白无常频频点头。

李四说：昨天，我骑着电瓶车去相亲，刚到镇桥头，一辆轿车追尾撞向我，我像一只鸟被弹起，又重重地落下，后脑勺撞在石头上，脑浆涂了一地。要是村口没架桥，还是当年的渡船，我就不会被车撞死。那肇事司机是酒驾，我冤不冤？更冤的是，本是今天去媒人家碰头的，我着急，看错了日子。

黑白无常对李四说，要是你那天戴头盔，后果不会那么惨。

这倒也是。李四呢喃。

阎王说：当然架桥好，这是时代的进步，科学的发展，任谁也无法阻挡。摆渡，不是死的人更多吗？翻船事故时有发生。李四的死纯属偶然，人世间太多的偶然。

黑白无常说，我们该抓的应该是那个酒驾肇事者，不该是无辜的李四。

二位的话似乎没问题，该抓的确实应该是那个酒驾肇事者，因为是他无端地剥夺了别人的生命。可是，人间，包括我们地狱，往往不按常理出牌，邪恶总会偶抬头。阎王说，电瓶车"肉包铁"，小轿车"铁包肉"，这就是"进步"打败了"落后"。

阎王掏出手机给判官打电话，要他把《生死簿》李四的"后半生"调出来。旋即，判官把李四的"后半生"页发到阎王的手机上。

李四那天相亲成功。婚后几年，李四外出打工，长年不归。李四娘、妻儿在老家艰难度日，李四堂哥就常过来帮衬，替代做一些繁重的体力活……李四好不容易回家一趟，听闻风言风语失去理智把堂哥杀了。而《生死簿》上黑底白字写着，李四妻和李四堂哥并无龌龊事。李四被判了死刑。按照李四正常的人生轨迹，李四最终成了杀人犯，错杀的又是好人，还连累了娘和妻儿。如今，李四没有成为杀人犯，堂哥依然健在，李四的家属还得到一笔不菲的赔偿款……

我冤枉堂哥了，对不起！李四说，果真这样，早抓我也不冤。

阎王又让判官调出李四堂哥的"后半生"。李四堂哥享年99岁，85岁还救了一个落水儿童。这位落水儿童后来成为炙手可热的影视歌三栖明星，只因李四堂哥被李四提前误杀，落水儿童错失了被李四堂哥所救的机会，淹死了。还有，李四的儿子后来考上了重点大学，官至副省长，因为爸是死刑犯，在学校备受同学们歧视，加之家庭的重担一下子落在他的肩上，他便休了学，出外打工去了。

我的命咋这么苦呢？李四长叹。

判官把酒驾肇事者的"后来"也调了出来。如果没有撞上李四，酒驾肇事者的车子过了大桥，一直开往镇农贸市场。恰逢集市，他错把油门当刹车，车子碾压了十余人，其中碾死了一个七龄童……那个酒驾肇事者平素早上不喝酒，遇上个熟人硬是被拉去喝了几盅。熟人讥讽说：开上四个轮子的王八，就瞧不起人了？

酒驾肇事者离开后，熟人就捎了锄去竹山干活，看见一个窈窕的姑娘孤零零地站在悬崖边上。熟人就猫腰踮足，慢慢儿向她靠近，一把将她从死亡线上拉了回来。姑娘失恋，一时想不开，跳崖。要是熟人没有与那个酒驾肇事者喝酒，熟人早干完活回家了，也就错过救姑娘的机会……

再说那个"逃过一劫"的七龄童——后来的他是博士生，30岁后下海经商，成富豪，灯红酒绿、妻妾成群。45岁时破产了，他跳楼，可没死成，致下半身瘫痪。50岁后在轮椅上创作完成自传性长篇小说《我的前半生》……

黑白无常说，那我们的《生死簿》不成了一纸空文吗？

那也不能这样说。阎王说，譬如，阳间算命先生说谁谁谁命里有几个儿女，因为独生子女政策，不是改变了吗？我们的《生死簿》只是理论上的东西，还是以事实为准。

黑白无常说，那张三，应是天灾，并非人为。

发大水是自然现象，就像人都会生病。病死了，那是自然战胜科学；治愈了，那是科学战胜自然。阎王说，张三斗不过自然，所以被淹死，这最正常不过了。

我想知道我的"后半生"。张三说。

阎王又要给判官打电话，突然对张三说：你都死了三十多年，不翻老账了。又说：憋死我了。阎王急奔向卫生间。

◀ 青　瓷

笃笃笃，慢节奏的敲门声。我开门。

一个女子，妙龄女子——大眼睛、双梨涡、一对小虎牙……

找我？

她没回答我，吟诵了一首小诗，署名"花飞花落"的小诗。尔后莞尔一笑。仿佛对接了联络暗号。她进我的宿舍。

化肥味，你的诗里有化肥味。她张翕着鼻翼说。

你咋找到这里？

她从肩包里拿出一张报纸，副刊上有我的一组诗，底下竟然有我的单位地址。

我在肥料站工作，白天卖化肥，黑夜守仓库。化肥的气味充斥我全身的毛孔，孤独把我囚禁在暗夜的深谷。我开始写诗，取笔名：花飞花落。

她和我聊着化肥味的诗歌，"花飞花落"的化肥味诗歌。花飞，化肥；化肥，花飞。

不知何时，我和她睡着了。她和衣横向折曲在我的单人床的那头，我和衣横向折曲在我的单人床的这头。她挪移床中央，我挪移床中央。相拥……

终于，我的第一次，给了，诗歌。她说。

我说，那我的第一次呢？

你给了青瓷。她说。

青瓷？

我的名字叫青瓷。

醒来。已不见青瓷。青瓷——青瓷——只有我心灵壁上的回音。

青瓷是聊斋里的狐仙？肥料仓库后面有几穴荒冢。多少个月黑风高的黅夜，我坐在荒冢前，约见我的狐仙。我没有恋爱，没有结婚。

若干年后。

我投稿"青瓷杯"诗歌征文赛，获一等奖，赴颁奖大会。青瓷展厅。我走上临时搭建的颁奖台。灯光璀璨。总经理袅袅走上台——青瓷旗袍、绣花鞋、一挂蓬松卷发斜披俏脸一侧，淑雅中透着性感、霸气和张扬。她盈盈笑意把一尊青瓷瓶颁奖给我。

总经理——大眼睛、双梨涡、一对小虎牙……

她分明不认识我——当年的"花飞花落"。

其实，我也喜欢诗歌。总经理握着话筒，向着台下的宾客背诵了当年"花飞花落"的那首小诗。这首诗有化肥味。她笑着说。

那年我已下岗，自己开了一家小店，与化肥无关。

终于，我的第一次，给了，诗歌。她说。

我说，那我的第一次呢？

你给了青瓷。她说。

青瓷？

我的名字叫青瓷。

我回想。

总经理说，作为本次"青瓷杯"主办方的代表和评委成员，"花飞花落"的一等奖《青瓷》中的这一句，值得咀嚼。随着，背诵了这句诗——

经过磨，经过洗，经过火

我才成了现在静雅的模样

奇怪！我还是嗅出化肥味。总经理转回头，向我粲笑。她的眼神再次传递我，她并不认识我——当年的"花飞花落"。

诗友告诉我，总经理的丈夫——董事长，恰逢出差。董事长魁伟、儒雅，但比总经理年长二十余岁。

"青瓷"已有了置放之处。不久，我结婚了。先结婚后恋爱。我的内心旮旯藏着一只小小的"青瓷"瓶。

那天，我携妻儿走进山里。

一个带院子的农家。石砌屋墙和院子围墙。院子的门敞着。闪现女人的背影。妻儿进去。

我在外面观风景——院子北面，茂林修竹；东面的草甸子上，鸡、鸭、鹅们追逐、嬉闹、滑翔，或啄吃嫩草和小昆虫；西面搭建竹子大棚，内筑一格格微型木屋，是鸡、鸭、鹅们的风雨楼和宿舍；南面一鱼塘，弯月形，长着些水草；鱼塘畔有稻田，禾苗油油地绿；挨着稻田的庄稼地，青、红、黄、白，色彩缤纷；走过庄稼地，进入一片果林，枝头挂满青果；远处山坡上，白色栀子花、红色杜鹃花，点缀。

我也进了院子。妻和农家女子在竹簟上晒笋干。

农家女子转过身——大眼睛、双梨涡、一对小虎牙……

我愣神。

你俩认识？妻问。

农家女子摇摇头。

我掩饰说，她太像一位明星了，简直同一人。

我咋会是明星呢？我叫山妹。山妹说，今晚，我们请你们吃"炭火煨肥鹅"。

"炭火煨肥鹅"？！妻搅了下舌尖。

山妹说，剖开白鹅的肚子，装进佐料和草药，缝上，用芭蕉叶或荷叶包裹，埋进炭火里，煨。肥而不腻……我也讲不清楚，你们尝了就知道了。

爸，我要吃"炭火煨肥鹅"！儿突然从屋里跑出来。

你这只馋猫。

我不是馋猫，猫馋鱼。儿说，我馋"炭火煨肥鹅"。

山妹突然朝屋里喊，青瓷——

青瓷？我又愣神。

我女儿。山妹又朝屋里喊，青瓷——你爸回来了！

屋里跑出一少女——大眼睛、双梨涡、一对小虎牙……

我妈耳朵特灵，我爸在百步之外，我妈就能听见我爸的脚步声。青瓷说着如一缕清风飘出院门。

经过磨，经过洗，经过火

我才成了现在静雅的模样

未见其人，已闻其声。是山妹的丈夫朗诵"花飞花落"的诗歌。

而我已不再写诗。曾记得，"花飞花落"是我的笔名。

◀ 一篇小说让我惹上了麻烦

《张二杀人》，突然蹦出一个题目。红墨吓了一跳。张二是谁？张二为什么杀人？张二杀谁？红墨一概不知。

张二是谁？张二只是个符号，无形象，无血肉，无灵魂。后来张二渐渐立体：懦弱又勇为、坚决又犹疑、滑稽又正经、狡黠又憨厚、包容又偏狭、愚昧又理智、要面子又自欺欺人……是复杂、矛盾、独特的"这一个"。张二走进了红墨的电脑里。

张二为什么杀人？"爱恨情仇"四字，人世间演绎了多少如神仙的快活及下地狱般的悔恨。男人之恨，莫过于夺妻之恨。

张二杀谁？他叫朱四。朱四强奸、诱奸，抑或通奸张二的老婆。张二被戴上了绿帽子，张二要杀朱四。张二个头小，朱四块头大，敌强我弱。张二只能智取或者偷袭。

张二开始实施"凶杀"。张二就去了镇上的刀具铺，挑了把西瓜刀。张二幻想提着西瓜刀，一刀下去，朱四的首级骨碌碌滚落地上，两眼眨巴着。张二却没有买下西瓜刀。几天后，张二又去镇上的刀具铺，挑了把水果刀。张二幻想身藏水果刀，趁朱四睡成死猪，一刀戳进他的心脏。张二又没买下水果刀。

几天后，朱四迈着八字步走在大街上。张二抽出藏匿的短剑，从背后刺杀朱四。朱四血溅尘埃。张二完成了凶杀的过程。

然而，张二用来杀人的凶器竟是一把能伸能缩的玩具短剑。朱四被杀却未被杀死。

这样的结果，红墨并没有想到，读者更出乎意料。

倒回去捋一捋，原来张二当初就没有真想杀死朱四。难道家里没有刀吗？何必去镇上招摇着买刀呢？买西瓜刀，又买水果刀，却都没买下，最后选定的凶器是玩具短剑。不杀朱四，咽不下这口气；杀了朱四，要坐牢枪毙。必须杀，又不真杀。另，选择在大街上、光天化日之下行凶，你张二就不能偷偷地杀死朱四吗？张二傻，又不傻。

张二完成了复仇，小说结束了。红墨突然想起汪曾祺的《陈小手》。"我的女人，你也摸得？团长一枪把陈小手从马上打了下来"。小说应该结束了。可是又补了一句，"团长觉得怪委屈"。加上这一句，团长的性格更复杂、立体，由此主题发生偏移。《陈小手》写到团长一枪把陈小手从马上打了下来，是一流小说；而写到团长觉得怪委屈，才是超一流小说。于是红墨也加了一句，小说的结尾又进了一步，竟是"别有洞天"。

张二杀人

我要买刀，杀死朱四。

张二去了镇上，进刀具铺，挑了把西瓜刀。卖刀人吹嘘：我这刀，刀刃还没触碰到西瓜皮，西瓜啪地脆裂。

张二就看见自己提着刀，如武松。刀刃还没触碰到朱四的脖子，朱四的大头就骨碌碌滚落地上，两道隙缝眼眨巴着。

杀了朱四，自己抵命事小，只是我墩儿没了爹，我娘没了儿……这臭婆娘贱，我倒是不必挂虑她。

不买了。张二说，还没到吃西瓜季节。

几天后，张二又说：我要买刀，杀死朱四。不杀死朱四，我张二就是四条腿的。

张二又去镇上，进刀具铺，挑了把水果刀。张二心里嘀咕：不买西瓜刀，西瓜刀太招摇，朱四老远看见，早跑了。自己腿短又追不上。卖刀人吹嘘：我这刀削苹果皮，就是木头手指，削下来的苹果皮也像铁轨一般长。

张二就看见自己身藏水果刀，像锄奸的义士，趁朱四睡成死猪，一刀戳进他的心脏。

杀了朱四，自己抵命事小，只是我墩儿、我娘……这臭婆娘是贱，但也是我墩儿的娘、我娘的儿媳呀。

不买了。张二说，带皮吃的苹果，更脆。

几天后，张二对自己下最后通牒：不杀死朱四，我张二比四条腿还多一条腿。立马买刀，誓杀朱四！

朱四的两只大脚掌吧嗒吧嗒颠簸在土街上，扬起一波尘土。张二抽出怀里的短剑从背后刺向朱四。

朱四转身只见一道寒光，眼白上翻，轰然瘫倒街面。张二把剑身的双面在朱四的衣襟上擦拭着，说：你朱四也有今天！这才扬长而去。

三五人围上来，捡起朱四胸脯上的凶器。是一把能伸能缩的玩具短剑。

朱四竟没有活过来。

《张二杀人》首发《小小说大世界》，《微型小说选刊》2020年第13期转载，入选《2020年中国闪小说精选》。小说一发表，张二杀朱四案，人人皆知，还惊动了公安局。朱四与张二老婆的丑事也被抖落出来……

某日，一位小个子中年男人上门。好面熟，红墨一时没想起，问："你是……"

"我叫张二，"叫张二的人说，"红墨，你咋能让朱四死呢？我只是吓他一吓，我会不会被判刑？"

"我也想不到朱四会被吓死……"红墨递给张二一根烟，"对不起！"

张二没接烟，愤然离去。

张二老婆也找到红墨，说："我和朱四压根没那事，全是我老公瞎想。"

半夜三更，朱四出现在红墨面前。红墨大惊：朱四不是死了吗？

朱四对红墨说："石榴裙下死，做鬼也风流！不怪张二，更不怪你。"说罢，哈哈哈大笑而去。

红墨也不知张二老婆和朱四真有没有那事。

一大早，张二娘带着孙子墩儿又敲开红墨家的门……

◀ 手表不只是用来看时间的

爸，我想戴手表！女儿饱饱把书包往墙上的钉子一钩。

我一愣，咱家只有一个老爷钟，时常报错时。我又一想，便从饱饱书包里拿出圆珠笔，卷起她的小袖子，给她画手表。画"钟山"牌的，我还给划上"钟山"的字样。饱饱的胳膊微微颤动。我说别动，爸把"山"划成躺倒的"王"了。饱饱说痒痒，嘴角一直抿笑。我撮嘴对着"手表"哈口气，"手表"越发鲜亮。画好啰。我喊了一声。

饱饱一看，嚷嚷，爸，咋画得这么小呢？"钟山"牌的表盘特大，是我故意画小的，饱饱的手腕太细了。我说，表盘大的便宜，如闹钟……饱饱嘟着嘴，我就要画大的。我用指尖蘸了唾沫，抹掉，重画。表盘和饱饱的小手腕一样宽。我又画上表带，一节一节的像铁轨。饱饱高卷袖子，举着"手表"，花儿怒放般笑着，一蹦一跳地弹出家门。

"手表"模糊了，我便给饱饱重画。后来饱饱竟要求爸天天给她画一只。我说谁家有那么富裕天天换新手表？饱饱脖子一梗，我又没让爸真买手表？我就依了饱饱天天给她画新"手表"。

爸画的手表咋天天一个模样呢？有一天饱饱突然问。

我说，爸只记得"钟山"牌这样子。

那天我给饱饱又画了新"手表"。饱饱惊呼，爸，咋三根表针一样长短、一样粗呢？

我说，爸画的都是时针，让时间走得快一点，饱饱长大了，工作了，就能买真手表。现在可要好好读书喔！

饱饱把手表贴在耳朵上，爸，我听到了"咔嚓咔嚓"的声音，它走得真快。

后来饱饱把自己的名字改成田雯。我不认识"雯"字。饱饱说就念底下的"文"。对呀对呀，"雯""文"，饱饱可有文化哩！

果然雯雯赶上了1977年的高考，上了大学，有了工作，攒了钱便给我买了一只真手表，"上海"牌呐！可我忒不高兴，雯雯你自己都没买，咋给爸买了？我赖着不肯箍上表。雯雯也忒不高兴，爸，这款是男式表。又脖子一梗，爸给女儿画了无数只手表，女儿就不能给爸买一只真手表？难道雯雯也给爸画一只假手表？是不能画。我只能乖乖地戴上女儿孝敬爸的真手表，"上海"牌哩！临睡前我都要亲一口"上海"光洁、润滑的脸庞。

如今，我又迷上给小星星画手表。小星星是我的曾外孙女，学名博鑫，那个光头、胡子茂盛的中年男子先生起的。先生懂"周易"，解名曰，"博"，博士也；"鑫"，命里缺金哉。一套一套的。现在的手表款式繁多，那些儿童智能手表，表盘圆形、方形，颜色五花八门，还能定位和通话。可小星星偏撒着娇缠着我天天给她画手表。我隔三差五就要去一趟"华联商厦"，戴上老花眼镜，猫腰弓背地细瞅那个长长的儿童智能手表柜台。那位有俩酒窝的女服务员老远就招呼我，阿公，又有新款式啦！

我摊开赤橙黄绿青蓝紫彩色笔，像当年在竹筛上摆满一圈儿雕花凿子，卷起小星星的小袖子。小星星的小胳膊白嫩，圆圆的，像莲藕……每回小星星都说，小星星最喜欢外太公画的手表，每天一个新花样儿。

时间在表针上悄悄滑走。我90岁庆生那天，星星牵过我的手放在她的膝盖上，给我撸上袖子，在我右腕上画手表（我的左腕戴着她妈妈给我买的新手表，"上海"牌）。我的手腕一抖。星星说，别动。我笑笑说，外太公痒痒。星星说，是这表太贵重了。我问多少钱一只。星星说，十几万一只。星星正在给"手表"哈气，我兀地抽出手，甩着手腕，边问，啥表，恁贵？

劳力士。

老螺蛳？我惊异，是金螺蛳吧！

是外国表。

不戴。外太公不戴洋表，外太公就戴"上海"牌。

又不是真表？外太公好可爱哩！星星拥抱我说，外太公，星星最喜欢您！

我抬起手腕，"金螺蛳"没能甩掉。细瞅，表盘上并没画着"螺蛳"，而是描着洋文。我又突然发现，这洋表咋三根表针一样长短、一样细呢？

星星说，星星画的都是秒针，让时间走得慢一点，这样，外太公就不易老去。星星又把耳朵贴在洋表上，抬头说，外太公，它走得很轻、很慢……

◀ 紧　箍
....

　　Z君终于找到坊间传说的"神医李"。

　　一座小院，门对青山，茂林修竹；院前小溪，水流淙淙。一道篱笆墙，三间泥瓦屋。神医李个小精瘦、寸发疏须，着一件藏青色中山装，一介乡间小老头。

　　院内一张四方木桌、两条长木凳，都未上漆。神医李泡上两杯清茶，两人对面而坐。

　　神医李并不诊脉也不咨询患者病况，只让患者喝茶，问些家长里短。

　　Z君的茶杯已续了三次茶。神医李也没开处方下药，只轻笑几声，走到井台旁打起太极拳。

　　啥神医李？欺世盗名罢了。Z君心里嗤笑。

　　神医李刚收起太极拳，Z君双手摁住太阳穴，蹲在地上，青脸龇牙。Z君间歇性头痛，去了多家大医院，看了多个名医，没所以然。

　　神医李扎马步，运功力，双手给Z君的头颅做拔箍状。

　　拔出一只紧箍，扔地上。紧箍砸到卵石，叮当响。又拔出一只紧箍，扔地上，又叮当响。

Z君看不见紧箍，但分明听得叮当响。

神医李说：你是迷上了这些嵌金花帽。

神医李又拔出一只紧箍，扔地上。Z君却没听见叮当响。

神医李说：这只紧箍嵌进肉里太久，腐烂了。

Z君疼痛减轻，至消止。Z君从上衣口袋里掏出一张卡，双手递给神医李，刚张口，被神医李摁住手。神医李走到井台吊上一桶水，对患者说：洗头。

Z君神清气爽。

神医李说：明年今日，你再来。

为啥？

神医李只笑笑，没回答。

◀ 青 莲

　　你可以睡青莲的身子，但决不许打开青莲的莲蓬髻。一枚妓女，前一句可以理解，后一句委实令人蹊跷。难怪赖团长脸上的长虫蠕动，"谁胆敢糊弄老子？老子偏要见识见识。"

　　赖团长身着便衣带上贴身保镖赶往百花城。

　　百花城乃一座小山城，但百花江流经百花城拐了个弯儿，甩出了偌大的"百花码头"，故而小小山城灯红酒绿、人马喧嚣。城内有"名楼"四座，皆临江，实为妓院，其中"萼翠苑"的灯笼最红艳，最壮观。

　　青莲便是"萼翠苑"的头牌。

　　赖团长带着贴身保镖出发时还是炎日当空，登上"百花码头"的石级，乌云聚拢，跨入"萼翠苑"门槛，天地间陡然晦暗，犹如罩下一块黑幕。

　　"萼翠苑"的红灯笼越发红亮。

　　赖团长身躯高大威武，脸上趴着一道长疤，扯着公鹅嗓叫嚣着要了青莲的牌。

　　素雅"青莲池"。

幽幽莲香如清流潺潺。

赖团长深吸一下鼻子。

但见青莲从"荷花屏"后款款而来——

未施粉黛，却唇红齿白、肌肤凝脂；一袭碧绿绸衫，不缀半点花红；莲步轻移，缕缕清香，脉脉暗送；脑后绾一发髻，状如莲蓬，横穿一枚莲梗碧玉簪。

赖团长是看见那莲蓬髻吐出一缕白雾，如横斜的袅袅炊烟。

青莲的莲蓬髻吐"迷香"首先是被边秀才发觉的。那天，边秀才狼狈不堪地被逐出"萼翠苑"大门，众人便讥讽他。边秀才竟口占一绝：偶尔窥得莲蓬散，美髯惨遭牛啃苗；髻内窝藏一玉塔，妖媚青莲原是妖。

意思是边秀才无意窥见青莲散开的莲蓬髻，发现髻内藏着一只短小的羊角，雅致，似微雕玉塔。边秀才愣怔着还没缓过神来，被青莲揪住长须。青莲的纤纤手指突兀变成两扇刀剪，簌簌簌地把他的美髯"啃"得七零八落。边秀才证实：青莲原来是青羊变化成精的妖女，莲蓬髻内的羊角尖儿有个小孔，"迷香"汩汩渗出。

红灯笼摇晃了一下，那是第一声雷。

"嘻嘻嘻……"赖团长的公鹅嗓几声干呕，"赖某今天是来断案的，这莲蓬髻里到底是吐'迷香'的小羊角，还是恶臭熏天的脓疮呢？"

怎么又是恶臭熏天的脓疮呢？原来，此后的嫖客们都不怵"羊妖"，反觉得青莲越发神秘，点她牌者愈众。段财主定要赏玩青莲能吐"迷香"的小羊角，出手便是两根金条。没成交。段财主居然塞给她一张房契，青莲把房契唰唰唰撕得粉碎。段财主就偷袭了莲蓬髻。青莲拔出莲梗碧玉簪，把段财主划了个大花脸。事后，段财主证实：其实青莲的莲蓬髻里没有小羊角，而是长着一个脓疮，因臭味难闻，里面包裹着一只香囊。

赖团长陡然抬高嗓门，"老子不怕羊妖，你就是吃人的'白骨精'，老子也不怕！老子是从死人堆里爬出来的。老子今天是特意来'挖坟'的，挖你莲蓬髻这座坟……"

赖团长是东陵大盗孙大麻子的部下，闻说他枪法精准，还使得一手"黑风拳"。

青莲阴冷地一笑。赖团长刺激到一丝凉意。

"老……赖某有个毛病：好奇心忒重。啥都想盗……探个底。"说着，赖团长从内衣里挖出一只金镶镯，摆置茶几上，立着转动了几下。金镶镯"呼呼呼"作响。

青莲摇摇头，不屑瞅一眼金镶镯。百花城人未知青莲何故"身陷淤泥"，却皆知青莲卖身所得多施与穷苦、落难之人。

咣当。赖团长掏出手枪摺在金镶镯边上。金镶镯戛然停住旋转，翻倒在茶几上。

又一雷声。赖团长不禁打了个寒噤。

"这金镶镯可是……"赖团长拐过话，"身子都让千人睡了，还在乎一莲蓬髻？"

"莲蓬髻是我青莲的秘密，比我的生命更重要。"

"脑壳子有病！"赖团长脸上的长虫蠕动，"这莲蓬髻比古墓还神秘，今天老子就挖你的莲蓬髻！"

"除非我死。"青莲淡然。

一声枪响。红灯笼摇摇曳曳。

炸雷把枪声碾成碎末。

"嘻嘻嘻……"赖团长几声干呕，急不可耐地剥开青莲的莲蓬髻。

没有小羊角。没有脓疮。

"日他奶奶的！老子全被你们糊弄了。"赖团长脸上的长疤像蛇一样爬行。

待贴身保镖闯入"青莲池"才发现：青莲站立、倚靠"荷花屏"，莲蓬髻散开，秀发如瀑，胸前开着一朵"红荷"。她的脚下，赖团长单膝跪地，瞪大眼睛仰望青莲。赖团长的心脏部位插着一枚莲梗碧玉簪。

暴雨如泼，涤荡大地……

◀ 猪的谜案

　　张二家的猪真是头怪猪，长到估计 50 斤时，不长个了。吃水浮莲不搅进一把糠，还忌口。谷子人都不够吃，哪来的糠？三四个月过去，一两肉也没长。老婆治病、一双儿女的学杂费、日常家用……欠下的债得还呀。毛猪出售公家，得 65 斤以上。张二决定把猪推到猪市上卖。人家买猪仔合算，买这不长个的猪干嘛？再说，也不能诓人家呀。只能宰猪，杀几斤肉算几斤肉。

　　张二在院子里拉好电灯，把两条长木凳绑成一张凹床，搭成宰猪台。另外备好接血盆、泡热水刮猪毛的木桶、摊内脏的筛、挂猪爿的梯子等，等待朱四来宰猪。

　　朱四来了，肩上挎着宰猪刀具架。不急，不碍着你 5 点钟前把白肉送到公社肉铺。今早杀猪就你一家，先向你讨碗酒喝。朱四对张二说，眼睛却瞟着张二老婆。张二老婆说：就是没菜。朱四说：院子竹竿上不挂着几把豆荚吗？张二老婆剥了豆荚，炒了碟梅干菜炒豆。朱四自己舀了一碗酒，拉着张二坐下，把刀具架搁在两人之间的桌面上。张二看着刀具架心中发毛，说：这个，碍手。朱四瞄一眼张二的眼神，咧下嘴，把刀具架靠墙放在地上，转身招呼张二老婆：你也陪我喝。张二说：娘们不上台面。张二老婆说：我去烧烫猪皮水。朱四说：还早哩。说着就要去拉张二老婆。张二老婆只能走到桌前。朱四对张二老婆说：给我添酒，今天酒不喝足，握不住杀猪刀。张二拿朱四面前的酒碗，被朱四阻止。张二的一根筷子掉到地上，弯腰捡，看见朱四的一只脚掌叠在老婆的一只脚掌上。张二老婆"哎呦"一声，抽出脚掌。

朱四开始宰猪。拿铁钩子进猪圈，钩猪嘴。猪嚎声凄厉。朱四竟拖不动猪，自己反跌了一跤，嘟囔：今天真是见鬼。好不容易把猪拖出猪圈，却上不了宰猪台。那年月的猪吃不饱、营养差，谁家都急等着用钱，猪是家庭"银行"。猪才长到70来斤，要么毛猪出售公家，要么杀白肉卖给肉铺。朱四是大块头，宰猪从来都是自己一人搞定，不用旁人帮衬。这次只能叫上小个子的张二和他老婆，三人总算把猪弄上了宰猪台。猪挣命嘶吼。朱四手发抖，刀尖找不着猪咽喉。又嘟囔：今天真是见鬼。

宰了猪。张二付给朱四2元宰猪钱。朱四说：咱俩谁跟谁呀？只收半价。硬把1元钱塞回张二衣兜里，向张二老婆诡谲一笑，宰猪刀具架晃荡着出了院门。

在两箩筐里垫了稻草，放进两片白肉。张二夫妇扛着过秤，竟是80斤。50斤的毛猪杀成白肉通常是8折，40斤。张二夫妇蹊跷，但高兴，并不探究，把两箩筐白肉绑在独轮车上。张二对老婆说：要不，你给我拉车绳？老婆不去。

5点正，张二把白肉送到公社肉铺。过秤，仍是80斤，没耗一两。卖肉光头蹊跷，又过秤两回，仍是80斤。张二自是兴奋，接过卖肉光头给的钱，回家。

张二刚进家，被老婆急急拉到猪圈前。张二嘴巴张得像岩洞口，半晌说：定是别人家的猪进了咱家的猪圈。猪围栏好端端的，它是咋进的呢？村里人来到张二家的猪圈前，都说不是他们家的猪。而这猪"噜噜噜"地对众人叫着，似乎在述说什么。

有娘们的破嗓音传至院内：这挨刀的，杀猪莫非杀到床上了。是朱四老婆闯了进来。

直至天黑，朱四仍没回家。朱四老婆四处找，老公活不见人死不见尸。朱四老婆就去公社报案：朱四肯定被张二夫妇合谋杀人灭尸了……公安说：不能诬陷，得有证据。朱四老婆一把鼻涕一把泪叨叨：我常劝老公别杀猪了，老公说猪原本是让人杀了吃的。我是担心老公杀猪太多了，白刀子进红刀子出，遭报应。这回，我老公完了，尸首都没有……

公安立马带走张二夫妇，单独进行了问询。

张二说：我家的猪成精了，长到50斤，不再长个，就让朱四给杀了。朱四杀完猪就离开我家，只收我半价的杀猪钱。我家50斤的毛猪杀成白肉竟有80斤。这猪成精了。

张二老婆交代：我老公去公社肉铺送白肉。朱四折回我家，猴急急把我摁倒在床上，嘴巴拱着我胸脯。突然窗外飞进一个棒槌大带秧子的萝卜，砸在他的背上。朱四含混地叫了声，衔起萝卜，四脚落地跳下床，跑出屋。我跟随而去，不见朱四，见猪圈里又有一头猪，比原来的大、肥，看见我把两只前爪搭在猪围栏上，朝我"噜噜噜"叫……

公安愣愣地听着，忘了记录。

张二老婆惊恐：莫非出妖怪了！

公安去了卖肉光头家。卖肉光头证实，张二今天一大早卖过白肉。又到张二家的猪圈前，公安拿手电筒照。猪"噜噜噜"地对公安叫着，似乎在述说什么。

朱四哪儿去了呢？这头猪又是从哪儿来的呢？

◀ 剑　神
....

浓烈的草药味。

三间草庐，几树银杏。

青年一袭白衫，斜背一柄长剑，玉树临风，飘然而至。

天下高手无一不殒命于我剑下。青年傲然说，我行不更名坐不改姓，乃岳山怪之子——岳峰，江湖人称"剑神第二"是也！

中年男子身材敦实，农夫装束，淡然说，我简至平十年遁迹山林，还是逃脱不了江湖。

文无第一，武无第二。岳峰说，天下岂能容下二位"剑神"？"剑神第二"此次前来一则报杀父之仇，二则去掉"第二"二字。长剑出鞘。

简至平淡然一笑，至银杏树下，脚尖一点，身子一腾，单臂一抖。银杏树丝毫未动，一根银杏树枝已握在简至平手中。

"剑神"，你的"天下绝剑"呢？岳峰不悦，你是羞辱我！

万物皆为剑。简至平说，剑在心中。

岳峰之剑，穿刺、抽带、提点、崩搅、压辟、拦扫、披截、挑摸、捞括、勾挂、缠云……皆已臻化境。

简至平手中的树枝，如剑、如棒、如鞭，穿梭于岳峰冰冷彻骨的剑光之中，变有形于无形，变无形于有形，时而坚硬如铁撞击出铿锵之声，时而柔软无骨缠绕住长剑之身。

几个回合，长剑砰然坠地。

简至平跳至圈外，弃了树枝，提衣袖抹了下额上的细汗。

岳峰竟然扑通跪下说，晚辈诚服，任凭处置！遂低垂头颅。

岳峰年纪轻轻，剑术已达如此境地，实属武侠奇才也！可惜他剑风中掺有戾气，尚未至最高境界……简至平并不理会岳峰，转身，背剪双手，走向草庐。草庐前的场子上，尘土飞扬、落叶缤纷。

岳峰灰蒙的身影蜿蜒而下，渐行渐远。

银杏树叶子青了又黄，黄了又青。岳峰又飘然而至。

没有草药味，只有脉脉的墨香。

简至平正在草庐的檐下临摹王羲之的《兰亭序》。

我已知真相，当年我父亲与您争雄天下第一，愧叹技逊剑神，一声仰天长啸，跳崖自断。岳峰说。

我简至平也曾为此虚名，打打杀杀，结下诸多冤仇，悔之晚矣！武学非为"天下第一"……简至平说。

岳峰此次造访，只请剑神对晚辈指点一二。岳峰对剑神行礼后，拔剑出鞘。

我简至平早不是"剑神"了，一介山野村夫耳。简至平呵呵笑着，卷了木桌上的糙纸，握于手中，向岳峰回了礼。

岳峰呵呵问道，简前辈，您的"天下绝剑"呢？

简至平答，万物皆为剑……岳峰接了下一句，剑在心中。

二人跳入圈中。

岳峰之剑若水中蛟龙，游弋于简至平身体上下左右。

简至平手中的纸卷，如剑、如棒、如鞭，如影，穿梭于岳峰形似婉柔、内涵遒劲的剑风之中，变有形于无形，变无形于有形，时而坚硬如铁撞击出铿锵之声，时而柔软无骨缠绕住长剑之身，时而疾如闪电、不见其形，只闻呼呼声响。

场子上，尘土飞扬，落叶缤纷。

简至平吟哦着：永和九年，岁在癸丑，暮春之初……仰视宇宙之大，俯察品类之盛，所以游目骋怀，足以极视听之娱，信可乐也……后之览者，亦将有感于斯文。

其"剑"法与《兰亭序》文之涵、书之艺，和谐融洽。

岳峰眼前似见"崇山峻岭，茂林修竹，又有清流激湍，映带左右"，内心渐渐"天朗气清，惠风和畅"矣！

《兰亭序》全文324字诵毕，简至平蓦然向前一迎，岳峰之剑插入简至平纸卷之中。剑不断纵入，纸卷纷纷开出花朵。

岳峰先是惊叹，继而大骇。遽退剑，已晚。剑锋已没入简至平之胸膛。

岳峰急点简至平止血穴位。简至平坦然摇摇头。

你的剑风已少有戾气！简至平躺在岳峰的怀里，露出欣慰的笑容，继续说道，银杏病了那么多年，上苍还是没能给我留下她，"天下绝剑"已伴随她带走。又断断续续说，我若不是因为等你……现在，我已了无牵挂……

向之所欣，俯仰之间，已为陈迹，犹不能不以之兴怀。况修短随化，终期于尽……

简至平的声音渐渐渺远。

岳峰把简至平埋葬在银杏的坟墓旁。"剑神第二"的长剑，伴随"剑神"带走。

自此，岳峰住进简至平、银杏夫妇的草庐，耕读、习武、吹箫，每日诵读、临摹王羲之的《兰亭序》。

若干年后，又一武侠手携阴阳锤出现在草庐前的场子上……

◀ 换个空间

死亡不是失去生命，而是走出了时间。

——余华

绿树掩映，拾级而上。

老先生引领我来到"红墨冥斋"前。

"红墨冥斋"门面正中嵌着老先生的一帧吸烟的黑白照片，一缕白烟袅袅娜娜。照片下方刻着生卒：1962—2042。

我活了80岁，还不错。老先生说，我儿子儿媳说我如果不吸烟，能活过百岁。这话我信。

门前用汉白玉雕塑着一本翻开的"书"，书页上镌刻着两行字——

换个空间，继续写作……

红墨

我的手掌摩挲着墓志铭。

老先生呵呵说，这是我生前的书法，用"张黑女墓志"体写的。

"红墨冥斋"则红墨之墓。

我看见门楣上有一方图案。红老说这是二维码，让我用手机扫扫。我拿出手机一扫，"嘟"一声，里面是红老的一篇篇小小说，还有红老生前学习、工作、生活、写作……的影像。

我儿子儿媳说，一个人真正的死亡是被遗忘，老爸永远活着！红老说，这话让我感动。

红老点燃一支烟，悠悠吐出白雾，述说着他的悠悠写作岁月——

我 50 岁后才开始写小小说。我偶尔看到一本书，是卡夫卡的小说《变形记》，开头写道：一天早晨，格里高尔·萨姆沙从不安的睡梦中醒来，发现自己躺在床上变成了一只巨大的甲虫……

梦里醒来，我变成一个稻草人。我坐在荒芜的田边哭泣。以前满田野是金黄的稻谷，垂着沉甸甸的稻穗，成群结队的麻雀像褐色的雨点落下来……我寻找麻雀，发现好多好多的稻草人，却没有麻雀。一位村姑打扮、气质优雅的少妇走过来对我说：谢谢你的光临！你们的使命不再是孤零零地守望稻田，驱赶麻雀，而是招引游客，让他们怀想昔日的时光。我说：我是稻草人，我要寻找稻田，寻找麻雀。稻田是我生命的舞台，麻雀是我人生的搭档。我为麻雀生，也为麻雀亡。我继续走在寻找麻雀的路上。——红墨小小说处女作《寻找麻雀的稻草人》。

我的梦皆怪异。

我正在创作一部长篇小说，写到三分之二，手稿不见了，无

被风吹走的影子

论如何找不到。我的手稿在岩石里？我抡着榔头砸岩石，岩石里没有我的手稿。我的手稿在树上的鸟窝里？我爬上高高的树，掏鸟窝，也没有我的手稿。我阴差阳错来到"江湖鱼馆"，发现厨师手里的菜谱居然就是我的那部长篇小说，而小说里男主一直在寻找的女主竟然是这家鱼馆的老板娘。——红墨小小说《江湖鱼馆》。

我厌弃我的影子——我用锯子锯、锤子砸、刨子刨……我的影子都复原，完好如初。我只能去医院做外科手术。在有影灯下，我的影子和我的个头一般大小，黑不拉几、丑陋无比。医生用手术刀像割离连体人一样割掉了我的影子。——红墨小小说《形影分离》。

我梦见自己吃掉了自己，写了《能吃掉自己的嘴吗》；我梦见自己的脊背上长了个瘤子，写了《黑囊》；我梦见自己在河里游泳无法上岸，写了《河的第三条岸》；我梦见一个女孩手脚长了蹼，写了《长蹼的女孩》；我梦见一朵云掉下来，写了《一朵云》；我回一趟家乡，奇遇初恋，重修旧好，原来当年已双双自缢身亡……

在梦幻里，人、物荒诞变形、天马行空。我层层剖开事物的肌理，侵入事物内部，窥见更真实的人与事。我把这些用文字记录下来，形成一篇篇小小说。80岁生日，我收到一份特殊的礼物——我的小小说集《天黑了我醒来》获得"鲁迅文学奖"。

那个晚上我正在打字，困意也像夜色一样袭来，我进入长长的隧道般的梦中。我喜欢做梦，但愿不再醒来（儿子儿媳说我确实没有再醒），实际上我醒了，醒来发现，我进入另一个世界，或者说进入另一个时空。

我用手机扫冥斋门楣上的二维码。"嘟"一声，我的小小说一篇篇呈现——《梯子爱情》《爱情宫》《预知死亡》《断路》《写小小说我是瞎编的》《无病重症患者》《奇异6分钟》《诱杀红墨》《红墨故居》《人壳废品》《石头剪刀布与一条河》《1999年的痒子》《贾妮的荷尔蒙》《她的上半身和下半身》《被风吹走的影子》《人体骨骼之爱》《军帽上的野百合》《生死电话》《树上的鱼》……我居然写了1008篇，最后8篇是我来到这里后创作的。

我的亲人、朋友、文友、读者，还有我笔下的人物常来看望我，扫码读我的小小说。我感谢他们！

红老递给我一支烟，说，今夜，我们有个"月光下——小小说之约"，嘉宾有汪曾祺老师、林斤澜老师、许行老师、王奎山老师、孙方友老师、秦德龙老师……又呵呵说，我可不能邀请你。我先回了，我得准备一下茶点。

看看夜色，我说，我也该回家了。

红老与我挥挥手，进入"红墨冥斋"。

我是红墨，今年是2021年，我60岁。

◀ 忘了自己是谁

　　大清早。我站在阳台，看见马路上年轻夫妇隽生和纳拉的背影。他俩互相搀扶走——隽生屈着左腿膝关节，脚尖离着地面；纳拉屈着右腿膝关节，脚尖离着地面——行走的只是隽生的右腿和纳拉的左腿。怎么不开轿车去医院呢？喔，当时还没有买轿车。乡下，土路，还没有柏油路。背影是不是隽生和纳拉呢？我怎么会认不出来？我就是隽生呀，我和纳拉结婚12年，我会认不出妻子的背影？

　　马路上静悄悄，只看见隽生和纳拉互相搀扶走的背影。

　　我朝渐行渐远的背影喊："纳拉——纳拉——"他俩没听见，继续互相搀扶着前行，直至背影消失。

　　我快步走进卧室，喊："纳拉——纳拉——"沐浴间的门突然打开，走出一个只穿内衣内裤、披头散发、丰腴的女人。我吓了一跳，她也吓了一跳。

　　她边穿睡衣问我："你是谁？"纳拉有大清早沐浴的习惯。

　　"我是隽生呀。"

　　"隽生是谁？"她又问。

被风吹走的影子

我眼睛游移到我俩的床上："隽生是你丈夫呀。昨晚我和你睡同一张床呢。"

"你怎么睡我床上？"纳拉连问，"睡我床上就是我丈夫吗？"

"睡你床上不一定是你丈夫，但我确凿是你丈夫。"我指着墙上我和纳拉的大幅婚纱照说。

我拿出身份证，又打开保险柜，拿出能证明我和纳拉是法定夫妻的所有证件——结婚证、房产证、户口本……

"如果你确定是我丈夫，那我肯定不是纳拉。"

我让纳拉拿出身份证。

是纳拉的身份证。

纳拉看着纳拉的身份证说："她的身份证怎么会在我的包包里？"

轮到我狐疑：既然她不是纳拉，那我就不是她的丈夫；既然她不是纳拉，那我也不是隽生。

"那你是谁？"我问她。

"我忘了自己是谁。"她说，"但我肯定不是纳拉。"

"那我是谁？"我问自己。

她说："我怎么知道你是谁？"

我想起刚刚看到的阳台下马路上，互相搀扶走着的隽生和纳拉的背影，复走到阳台上。阳台上摆着一盆花，花泥龟裂、花朵凋零，是毋忘我，那是隽生和纳拉新婚时一起栽下的。

纳拉对隽生说："毋忘我！"

隽生对纳拉说："毋忘我！"

我快步走下楼，奔向柏油路。我要找到隽生和纳拉，只有找到隽生和纳拉，才能确定我和她的真实身份。我站在红绿灯路口犹豫不决：我不知道隽生和纳拉互相搀扶着去往哪家医院疗治他们的伤痛。

◀ 人壳废品

【场景一】

主席台上。领导（油头粉面、西装革履、唾沫四溅）正在作"反腐倡廉"报告。

一中年妇女（戴奔边草帽，穿黄马甲，手提一只大蛇皮袋）走向会场门口。

男保安员（上前拦住保洁员）：哎哎哎，不能进。

保洁员（晃了晃大蛇皮袋）：我不光扫垃圾，还收废品。

保安员：会议还没结束呢，收啥废品？

保洁员：废品要及时收，要不"废"了别人。

保洁员推门。保安员点点头，没拦阻她。保洁员入内，穿过会场过道，径直走上主席台。

领导放下讲稿，抬头看她。保洁员说：收废品。领导的身子僵住，如播放录像突然卡了带子，只有一双眼睛骨碌碌看着保洁员。保洁员从领导的脚掌开始往上卷——发出嘎嘣嘎嘣的脆响，许是骨头碎裂的声音——直卷到脖子，领导的眼睛仍骨碌碌地看着保洁员。最后，保洁员把领导的脑袋也卷了进去。看看没有卷齐整，保洁员又打开卷筒，把领导的扁人形铺展在台上（领导的头颅、躯体、四肢已成平面，但他的眼睛依然骨碌碌眨着）。保洁员把领导一寸寸卷起，竖着卷筒在地板上墩了墩，觉着墩齐了，这才放进蛇皮袋，在众人惊恐的目光中离去。

【场景二】

某栋大楼被封锁警戒。警戒线外，围观群众挤挤挨挨。警察维护秩序。

天台。歹徒挟持一位女子。

一把尖刀横在女子脖颈。一名警察拿着土喇叭向歹徒喊话。几名埋伏暗处的狙击手瞄准点紧追歹徒脑袋。

保洁员（戴奄边草帽，穿黄马甲，背着大蛇皮袋）出现在天台。

歹徒（惊恐）：干嘛？你是警察。

保洁员（指了指身上的黄马甲）：我是保洁员。

歹徒（刀刃往女子咽喉一抵，喊）：假扮的吧。滚开——要不我一刀捅了她。

女子咽喉出现一道血痕。

保洁员（仰头望苍天，亮嗓子）：收废品啰——

歹徒被惊吓，松开女子，乖乖地举起双手。保洁员从歹徒手里抽出尖刀，放到地上，轻声说：这刀不是废品。扁人形在地上蠕动，保洁员让被劫持的女子踩住他，这才把他卷起，收进蛇皮袋。

【场景三】

小溪。保洁员忧郁的眼神——水中黄色泡沫泛滥，鱼儿仰浮白肚子……

保洁员沿污水一路逆行，进入某厂区。高大的烟囱吐着浓烟。

胖子厂长把肥大的秃脑袋搁在老板椅上，两条粗牛腿挂在老板桌面，正在吼着打电话。电话还没有打完，被突然进来的保洁员卷筒。蛇皮袋里传出胖子厂长鹅嗓的打电话的声音。

【场景四】

泥瓦老屋。一个老人赤身裸体（只裹着尿不湿）站在地中央瑟瑟发抖。

老人：阿爹，我再也不尿裤子了。

一个中年人（穿着长大衣）气势汹汹地：尿呀——我让你尿！还叫我阿爹呢，老年痴呆！

"笃笃笃"。有人敲门。

中年人赶紧脱下自己的长大衣穿在老人身上，开门。

进来的是保洁员——戴卷边草帽，穿黄马甲，背着大蛇皮袋。

中年人：谁让你进来的？

保洁员：是你开门让我进来呀。

中年人：这屋里没废品。（转向老人蔑笑）这个倒是废品。

保洁员：你才是废品。

保洁员把中年人卷起。

老人：我儿子不是废品。卷我，我是废品。

【场景五】

大街。

一位摩登女郎迎面遇上保洁员。摩登女郎陡然脸色发青，脸上的黑、红、白化妆物皮屑般掉落。她自觉地躺倒地上，成人形纸板状，自己卷起来。路人惊异的眼神。

保洁员把她收进蛇皮袋。

【场景六】

大江，堤坝，雨绵绵。

一年轻人站在堤坝上，身子斜向江面，如灰色的鸟。

保洁员穿着塑料雨衣，拎着蛇皮袋，沿江边而行。

灰色鸟张开翅膀。

保洁员把灰色鸟从堤坝上拉下，软软的，卷起。又慢慢地绞，灰色鸟不停地滴脏水。然后保洁员缓缓打开灰色鸟。灰色鸟慢慢儿站起，成一年轻人。

保洁员从蛇皮袋里掏出一把黑伞递给年轻人，说：好好活着！你不是废品。

年轻人撑开黑伞，是破伞。

雨霁。年轻人收了伞，望向江面——

一道绚丽的彩虹。

【场景七】

废品收购站。

保洁员：人壳废品收吗？

收购员：收呀，只要是废品都收。

保洁员：咋收？论斤，还是论件？

收购员：论斤，只是价格不一样。

保洁员从鼓鼓的蛇皮袋里拿出一件"人壳废品"，递给收购员。

收购员（急后退）：啥东西？咋这么丑！

保洁员：人壳废品呀，都这般丑的。

收购员提着杆秤，保洁员把人壳废品钩到秤钩上。

收购员：咋没斤两呢？

保洁员把整个鼓鼓的蛇皮袋钩到秤钩上。

仍没斤两。

保洁员：你回收吧，我不要钱。

收购员：没有再生价值，我当有毒废物处理吧。

◀ 断　路
·····················

　　月亮白阴阴的。我漫无目标地走。抬头见一座孤零零的坟，墓碑上写：应一帅、艾晴之墓。应该给他俩烧点什么，手里竟拿着一帧应一帅和艾晴的结婚照片。我点燃婚照，算是祭奠他俩的爱情。

　　叮咚。我拿出手机看微信。是馅饼微我。馅饼是我大哥的初中同学，大哥年长我八岁。总记不住馅饼的姓名，但对他那张扁而宽的脸过目不忘。

　　明天晚上五点半见。流芳苑。我只请你这个大美人喔，不见不散哈！

　　添上玫瑰和垂涎的表情。

　　垂涎我，还是让我垂涎这顿饭呢？

　　又发来定位。谁不知晓"流芳苑"？"流芳苑"是饭庄，是当下网红打卡地，头顶是玻璃，能看见蓝天白云、月亮星星。我百度过"苑"字，苑：古代养禽兽植林木的地方。吃客又不是禽兽，咋带个"苑"字呢？倒也是植林木，一餐桌为一个单独空间，餐桌与餐桌之间以活绿植分隔。宾客如在大自然中用膳，心情被"清

被风吹走的影子

新"漫过。

这馅饼倒是"贴心"的男人。

我和老公说，今夜赴一个饭局。老公从不问啥饭局，一个人还是几个人，是男是女，老公从来给我"自由"。

我住应家村，离县城十五里，穿过县城抵达"流芳苑"大约还有十五里。

五点钟，我驾"小面包"出发。刚挨县城边上，路被封堵：前方施工，绕道而行。这路我熟，虽窄、凹凸不平，但去"流芳苑"近。我想起这里将建一所小学，我见过报纸上的规划图，没想这么快就动工了。应家村划入这所新增学校的招生区域，我的孩子能进县城学校上学了。可我没有孩子，甚至没有怀孕，结婚五年了。也不知道是他的原因，还是我的问题。他在厂里打工，我也在厂里打工，活儿累、工资低，还憋屈。压力山大！有没有孩子无所谓，由天安排。是我倒追他，图啥？当初只图他长得帅。

我只能倒车。因恐惧下班高峰期，我不想穿城过，绕着城边走。结果道路又被封堵：前方施工，绕道而行。这里正在建造"大润发"，我看过效果图，一层是菜场，二楼卖服装，三楼、四楼、五楼……将是我县最豪华、最让顾客放心的商场。是的，衣服假冒伪劣可以丢弃，而有毒食物吃进人体等于慢性自杀。

当然我只能倒车。车到县城东南部拐角，前面出现两个水泥墩子。我估计我的"小面包"勉强能通行，结果被磕到了。我下车查看，车前脸一角塑料板已垂挂。我复上车，缓缓倒车，垂挂的塑料板磕到地上咔咔咔响。这里是翻新、拆修、添建的"步行街"，明清建筑、青石古巷、曲水廊桥、翘檐粉墙变换的灯光秀……"亮丽"了新城古迹。我复下车，打开后备箱，想找到一截绳子把垂挂的塑料板绑起，却没有。我复上车，车子磕巴磕巴前行。

前方的路越来越泥泞，轮子在原地打转。这里正在建高铁站。好不容易把车子退出来，点开馅饼给我发的定位，沿着左边岔路往前开。导航一直语音提示"您已偏航，请在合适位置选择掉头，重新规划路线"。只有一条路，又窄，仅容一辆车通行，无法掉头，也无法倒车，我只能硬着头皮往前开。

车子终于驶上水泥道，出现一牌坊，依稀看见"留芳园"字样。穿过牌坊，松柏夹道。车子继续向前，竟然出现了一排排坟墓。我赶紧掉头，车子却熄火了，再也发动不起来。我不敢出车厢，锁住门窗。看手机，已是六点半。我在车里不停地与馅饼联系，他的手机一直关机。

那是半个月前的一次对话——

馅饼：我们村"城中村"改造，我家有新幢房、店面，村里有农贸市场，每人年分红八万元以上……我们村的光棍都娶上了老婆，姑娘不肯嫁出去。你离婚吧，嫁给我！

我：你不是和一个寡妇长期相好吗？这可是公开的秘密。

馅饼：嗤——如今我还用得着她？

我：你是成了香饽饽，咋不娶个黄花闺女呢？

馅饼：你是我心中永远的女神！我一直在等你……

我：我是已婚女，可能，不会生育……

馅饼：我不在乎你二婚、三婚，不在乎你会不会生育，我心中只有你！当年我向你表白，你往我脸上吐唾沫……

我：不提当年……

馅饼，是天上掉馅饼，还是垃圾食品？是发霉腌菜馅，还是鲜肉馅？

正思忖着，有人敲车窗。白阴阴的月光下，我看见一个人影——一会儿是馅饼，一会儿是应一帅；一会儿又都不是，像鬼魅。

啊——我惊叫一声。

我被自己吓醒了。叮咚。我拿起枕边的手机，点开微信。是馅饼微我。

艾晴，今晚五点半见。流芳苑。我只请你这个大美人喔，不见不散哈！

添上玫瑰和垂涎的表情。

还发来了定位。

被风吹走的影子

188

◀ 石头剪刀布与一条河

　　山是石头做的，石头是被山体囚禁的囚徒。后一句是其中一块石头说的。这块石头被一座山囚禁。这座山的石头都是普通石头，不藏着钻石、蓝宝石、翡翠、岫玉、和田玉等。若让石匠凿开来，顶多砌墙、铺路、造石桥之用。但这座山很荣幸，长相好，"奇、险、绝"；出身好，处在风景区，5A级。无限风光在险峰，这座山出尽了风头。但这块石头压在山的底部，已逾亿年，作为一块石头这么多年压在山的底部能承受，因为石头的肺活量巨大，尚能喘息。问题是不曾见天日，不被风光青睐，从没出现在游览者的眸子里、镜头里、视频里、画面里、文字里……憋屈疯长。

　　它幻想自己端坐彩云下、峰巅之上，那该是何等风光呀！哪怕处在山腰，甚至落在山脚，也比暗无天日强一亿倍。它趁这座山打盹，越狱潜逃。这座山打盹了上亿年，自己咋才发现呢？

　　它开始爬山，但无法爬上，它太沉重了，因为它是一块石头。它放弃了，它决定远离这座山，眼不见心不烦。它往低处走，迈着沉重的步履，开始长途之旅。它希望遇见识慧眼的人发现它，把它雕刻成一位英雄或者一个神女或者一只狮子。

一条河挡住了石头。

这条河本是地下河，不屈服于几十万年地下暗无天日的拘禁，从地下冒出地面，匍匐于地上又流淌了几十万年。它又开始了"不屈服"，它惧怕终点——大海，大海是一个巨无霸魔兽，会吞噬它，咀嚼它，消化它，连排泄物都没有。大海是河的火葬场、墓地。它不想继续伏在地上，它试图站起来。它曲起身子，不断倒下，像一条垂死挣扎的病蛇。它终于站起来，近乎垂直，软软绵绵、摇摇晃晃，像立起的大蚯蚓。白哗哗的水流从上而下，淹没了农田、树林、村庄，也把自己全身淋透。它着凉了，感冒、发热，打喷嚏、说胡话、咳嗽，把黄色胆汁都呕吐了出来，它瘫伏在地上。

它想站起，又不敢，只能偶尔借助岩壁伸个懒腰，这个懒腰成了瀑布，是它短暂的欢愉和慰藉。但因为不能站起整条河，它时常郁闷。正郁闷时，这块石头走到河边。

石头说：河娘娘，能让我过河吗？

还娘娘哩，河说，你过呀。

我不会游水，会被淹死，沉没河底。

河底本就是岩石铺的，你就做河底石吧，没有河底石，河会沉没。河又说，要不，你做我的河岸石，没有河岸石，河会变得肤浅。

我不想做河底石或河岸石。石头说，我要做我自己。

这就是做你自己呀。

我不要做这样的自己。

那你想做咋样的自己？

石头说：我想——做一尊雕塑。

我还想站起来呢，这石头野心不小。河没有说出，问：你要我咋样？

让开道。

如何让开？

截流一小段，待让我过去，您便可复合。石头说。

流淌是我的心跳，我的气息，你这是让我休克。河看着石头沮丧，缓和语气说，你不想做河底石或河岸石，你可以砌一座石桥呀。

我更不要做一块石桥上的石头，让人踩踏。

石头不肯后退，也无法前行。

五金展馆的"天下第一剪"梦见石头在河边哭泣。这块石头是"天下第一剪"前世的情人。"第一剪"赶紧开溜奔赴河边，开始剪河流。有一个谜语：千刀万刀割不开。谜底：水。但"第一剪"相信爱情的力量、爱情的神奇，她剪呀剪，剪呀剪，把自己都剪出了许多血泡。最终，河流被剪断了一截——上游流水，下游也流水，像两面高耸、透明的墙。两"墙"之间相距九米。石头从从容容地漫步"水的峡谷"，似游览人间幻境。进入"峡谷"中央地带时，石头被淤泥困住，无法动弹。

飘来一匹布，似一朵云。布心里愤愤，"第一剪"只是石头前世的妾，她才是石头明媒正娶的妻子，前世的她却被"第一剪"给剪了。她要救石头——前世的前夫！她把自己绞成众条绳状，做成一个网兜，罩住石头，又绞出一条粗绳系在网兜上，像纤夫肩拉着石头，往彼岸走。"第一剪"几次上前帮忙，都被布推开，只能旁观，默默给他俩鼓劲。

石头上岸了，满身污泥，它挥挥手与布和"第一剪"告别，追求它"所要的生活"而去。

河自己竟然无法复合，上游和下游疼痛地扭曲着身子，像两段被砍断的蛇身。上游和下游的水变咸了，是河的泪。而"第一剪"只会剪，不会缝补，也伤心落泪，深感对不起河！只有布——拉扯着上游的水，企图与下游的水连接。咸咸的河水从布的手中一次次滑落，上游的水和下游的水无法相连。自己不就是一匹布吗？她顿悟，把自己展开，铺在河断口上，像创可贴。上游的水缓缓流经布，溶入下游的水。断口，无有痕迹。水的味道，恢复清淡。

风吹来，河面微波荡漾，似皱起的绸缎。

谁说绸缎不是布呢？

◀ 奇遇初恋

　　回一趟老家吧！三叔公给我打电话，还发来若干视频——古色古香的民宿、修葺一新的老祠堂、瓜果蔬菜采摘园、旅游大巴车、悠闲的游人……又说，破祠堂像邋遢的老头子剃了发、刮了须，换上干净的衣服；瓜果园像一群嘻嘻闹、脸蛋俏的小姑娘；像"裹脚布"的村中溪变成织了绿波锦鲤的腰带；公共厕所比饭堂还亮堂……

　　我已经 19 年没回家乡了，父亲死、母亲死，都没有回。

　　回老家发展吧！要不，把老屋修修，出租……三叔公又说。

　　我下决心回老家一趟，不自驾，我要感受家乡刚开通的高铁。

　　出了高铁站，已是星辰满天、霓虹闪烁。我拍了家乡高铁站夜景的视频，才招呼出租车。我坐到出租车后排座。司机问，去哪里？是个女司机。

　　上田村。

　　上田村？

　　是的，崇山乡上田村。我说，应该通公路了吧。

　　女司机问，你是上田村人，还是去上田村？

我，我上田村人。我有些结巴。

那你认识田大河吗？

我一愣。

她补充说，他小名叫大鹅。

我就是。

车熄火。她回头看我，又转头，伏在方向盘上，先是双肩颤抖，接着呜呜哇哇哭嚎起来。19年，19年啊！她断断续续地说。

你是……

我是小娥——

这么巧？

她丰满了许多，脸廓有了棱角，依然眼睛大，眼珠子像黑葡萄。我的心脏抽紧。

大鹅，你坐到前面来。

我坐到副驾驶座。

小娥发车，开车……

我和小娥是同村的，竹马青梅。我们相好了，那年我22岁，小娥19岁。小娥爸妈要把小娥许配给县城的小伙子，那小伙子吃"公家饭"。

上田村后山有一片树林，其中有一棵泡桐树，我和小娥躲在繁茂、宽大的叶子丛中，屏着气息看着小娥爸一手握着木棍一手打着手电筒从树下走过。

车停了，却没有开往上田村，而是县城的一家大酒店。小娥宴请我，为我接风洗尘，当然我硬是买了单。

小娥嫁到县城，后来老公下岗，拉黄包车，再后来老公赌博，欠下巨债，自杀。小娥有个女儿，读高二。我离开了上田村，去了外省，打散工，做小包头，现在是公司老板，一直未娶（尽管不乏年轻漂亮的女子对我投送怀抱）。我的心中只有田小娥！

这一夜，我和小娥就住这酒店，一间房。19年的风风雨雨缩成一场悲喜剧，在今夜轰轰烈烈地上演……

第二天微明，小娥只把我送到上田村附近。指着朦朦胧胧矗立在村口的牌坊，小娥说，我就不进村了，微我喔！我下车。小娥调转车头。我目送她的车子消失在晨曦里。

三叔公杀了土鸡，温了自酿的糯米酒款待我（三叔公一辈子鳏居），然后陪我看了我的老屋。老屋半身不遂地坚守着，若不是三叔公用几根木头撑着，西墙早坍塌了。我的心中已绘就了蓝图：把老屋翻新、装潢，办民宿，让小娥做老板娘，待公司处理后，回家乡和小娥过日子。自然便说起了小娥。

小娥？你遇上了小娥？她开出租车？三叔公大惊，她死了呀！

不可能。我说，三叔公喝醉了。

三叔公说，当年小娥坚决不从父母的逼迫，吊死在那棵泡桐树上。

多忠贞的小娥，她是为我殉情啊！

我带你去看小娥的坟。三叔公说。

泡桐树下，果然有一座坟，墓碑上刻着：田小娥之墓。

我急语音通话小娥，小娥接了（死人会接电话吗）。我说，快来接我。纵然小娥是鬼魂，我也爱她！

"上田村"牌坊下，我上了小娥的出租车。我神秘兮兮地看着小娥，依然是昨夜的小娥。

咋了？小娥说，你这眼神。

我和她说起了三叔公。

三叔公？小娥说，我曾听我爷爷说，你是有个三叔公，不过你太婆生你三叔公时难产，母子都没有活下来……

果然村里再找不见三叔公，也不见了他家的房子。遇见村里的几个人，都不认识我的三叔公，也认不得我。

可是我看见了你的坟。我对小娥说。

不可能。小娥说，你带我去看看。

车到后山，我和小娥下车，走进树林。泡桐树高大，树叶繁茂、宽大。我想起19年前，我和小娥在树上亲昵的情景。泡桐树下，没有坟。

这里已是天然氧吧，散坟都已迁入"崇山陵园"，去那儿找找吧。小娥戏谑说，照你三叔公说，一定能找到我的墓。

我和小娥复上车，大约10分钟，车到"崇山陵园"。没找到小娥的墓，却发现一座墓碑，分明刻着：田大河之墓。

原来是我死了，许是小娥出嫁那天，我吊死在那棵泡桐树上（我真后悔，我咋那么急性子呢）。难怪我19年都没回家乡，父母死，我也没回来给他们尽孝。我先于父母死，我怎么回？

那现在的我，又是谁呢？

身边不见小娥。我喊，小娥——小娥——我看见山下，小娥的出租车绝尘而去。我微小娥，她把我拉黑了。

【附记】

　　红墨偶然翻阅老报纸，有一则新闻：199X 年 X 月 X 日 6 时许，村民田 XX 在上田村后山一棵泡桐树上发现一男一女上吊身亡。死者同是上田村村民，男青年田大河，女青年田小娥。两人相恋，但被女方父母强行拆散，田大河和田小娥用一根绳子在一棵泡桐树上殉情自缢……

被风吹走的影子